SI LO ENCUENTRA, DEVUÉLVALO A

MAX CRUMBLY

Importante: ¡Si desaparezco, entregue este
libro a las autoridades locales!

AVISO:

Este diario contiene

Humor friqui

Acción electrizante

Suspense para morderse las uñas

Raps cañeros

Y un final abierto para alucinar.

oso

MAX CRUMBLY

CAOS ESCOLAR

LIBRO DOS

RACHEL RENÉE RUSSELL
con Nikki Russell

DESTINO

DESTINO INFANTIL Y JUVENIL, 2018
infoinfantilyjuvenil@planeta.es
www.planetadelibrosinfantilyjuvenil.com
www.planetadelibros.com
Editado por Editorial Planeta, S. A.

Título Original: *The Misadventures of Max Crumbly. Middle School Mayhem*
© Rachel Renée Russell, 2016. Todos los derechos reservados
© de la traducción: Rosa María Sanz Ruiz, 2018
© Editorial Planeta S. A., 2018
Avda. Diagonal, 662-664, 08034 Barcelona
Primera edición en esta presentación: abril de 2018
ISBN: 978-84-08-18811-7
Depósito legal: B. 6.901-2018
Fotocomposición:
Impreso en España – *Printed in Spain*

Dedicado a Lee Mignogna, Batchico, en su cuarto cumpleaños. ¡El aprendiz de superhéroe ya está listo para derrotar a crías de tiburón y fantasmitas del comecocos!

EL DESASTROSO MAX CRUMBLY

(COSAS IMPORTANTES QUE NECESITÁIS SABER POR SI DESAPARECIERA MISTERIOSAMENTE)

1. De héroe a cero (a la izquierda), otra vez

2. ¡Un desastre monstruoso!

3. ¡Colega, me he cargado mi taquilla!

4. ¿Quieres patatas fritas?

5. ¡No me llames! ¡Ya te llamo yo!

6. Una historia tétrica y retorcida

7. Ralph se desahoga de sus frustraciones

8. ¡Por qué los vejestorios no deben ponerse pantalones anchos!

9. Pasando el rato en mi batcueva

10. ¿Amigos telefónicos para siempre?

11. Relatos de un ninja adolescente

12. ¡Cuidado con los panecillos con pelillos verdes!

13. ¡El ataque del devorador de galletas!

14. ¡Huye, cobarde, que el trasero te arde!

15. Cómo no se debe luchar contra un matón

16. ¡Cómo enredar a un bobo!

17. ¡Cómo hacer que te castiguen hasta los veintiún años!

18. ¡Cumpleaños infeliz!

19. ¡Llevo a cabo mi gran huida!

20. ¡El ataque del retrete asesino, segunda parte!

21. Cómo se rompieron todos mis sueños

22. El saltador de contenedores

23. ¡Todo se va a la porra!

24. Cegado por la luz

25. Una nueva aventura desastrosa de Max Crumbly

Agradecimientos

1. DE HÉROE A CERO (A LA IZQUIERDA), OTRA VEZ

Sabía que el insti iba a ser chungo, pero no esperaba acabar MUERTO en la sala de informática, disfrazado de SUPERHÉROE y con cuatro trozos de PIZZA pegados al TRASERO.

La mañana empezó como otra cualquiera...

NO soy tonto. SABÍA que no tenía madera de superhéroe, pero aun así, cuando me miraba en el espejo, deseaba...

... que un chaval normalito como yo pudiera cambiar el mundo. ¡Hacer alguna proeza!

¡Por favor! ¿A QUIÉN pretendía engañar? ¡Mi situación era DESESPERADA! Nunca podría cambiar el mundo. Pero entonces tuve una idea genial...

Quizá podría CAMBIAR al HOMBRE que había en el espejo. ¿Queréis saber CÓMO?

Usando mis conocimientos de anatomía, mis extraordinarias dotes de dibujo...

¡Y UN TUBO ENTERO DE PASTA DE DIENTES!

~~Sí, es verdad. Se podría decir que soy un poco...~~
~~¡RARITO!~~

~~¡No pasa NADA! Casi todos los superhéroes famosos~~
~~y los villanos infames TAMBIÉN están un poco~~
~~chalados. Yo prefiero creer que se trata de talento~~
~~en bruto.~~

Os estaréis preguntando CÓMO fui capaz de
ARMAR ESE JALEO (me refiero a lo que pasó en
el instituto, NO a cómo dejé el baño).

Todo comenzó cuando ~~Doug~~ Abusón Thurston me
dejó encerrado en mi TAQUILLA después de clase.
Por desgracia, ¡me pasé ahí atrapado HORAS!

No os voy a mentir: ¡fue un auténtico ASCO!

¡A vosotros tampoco os habría gustado!

Estaba solo. En un instituto oscuro y tenebroso.
Confinado EN mi taquilla.

¡Durante lo que yo creía que serían TRES DÍAS!

En serio, ¡VOSOTROS también habríais flipado!

En fin, el caso es que al final logré escapar a través del conducto de ventilación.

Pero, al pasar delante de la sala de informática, ¡me topé con tres ladrones que estaban robando los ordenadores nuevos del insti! ¡SURREALISTA!

Entonces recordé que, como soy un CRETINO, mis compañeros me llaman POTA ~~porque una vez en clase de gimnasia le vomité sin querer los cereales del desayuno a Abusón sobre la zapatilla.~~

~~Lo siento, pero si hubierais visto su cara llena de GRANOS purulentos tan de cerca, ¡también habríais vomitado!~~

La cuestión es que POR FIN tenía la oportunidad de CAMBIAR mi patética vida. ¡¿CÓMO?!

¡Deteniendo a los ladrones y salvando los ordenadores del insti ~~a la vez que impresionaba a Erin, la presidenta del club de informática!~~

~~Pero ¡no os EQUIVOQUÉIS! No es que me guste ni nada de eso. ¡Si apenas la conozco!~~

Y entonces... ¡ZAS!

¡Mi reputación SUBIRÍA COMO LA ESPUMA y pasaría directamente de CERO (A LA IZQUIERDA) a HÉROE!

¡¡¡GENIAL!!!

Y esa es, amigos míos, la EXTRAÑA pero VERDADERA historia de cómo combatí el MAL y la INJUSTICIA en los HÚMEDOS, OSCUROS y PELIGROSOS pasillos del instituto South Ridge.

He reunido todos los detalles en mi diario, *El desastroso Max Crumbly*, que llevo encima a todas partes. Sigamos por donde lo dejé la última vez...

¡Acababa de engañar a esos ladrones chapuceros y VOLABA como un cohete por el instituto para poder hablar por teléfono con mi fiel ayudante, Erin!

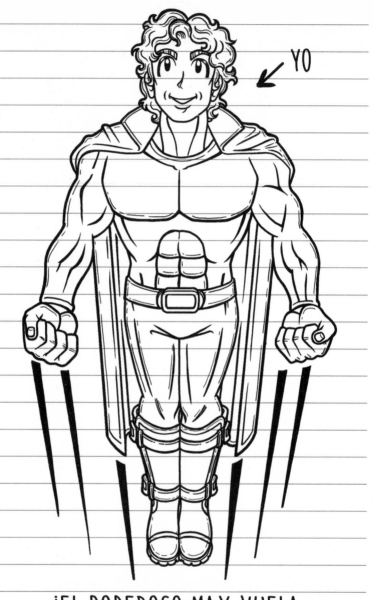

¡EL PODEROSO MAX VUELA
POR EL INSTITUTO!

← ERIN

¡ERIN, MI COLEGA SUPERHEROÍNA!

De acuerdo, reconozco que he exagerado un poco.
Esto es lo que pasó EN REALIDAD...

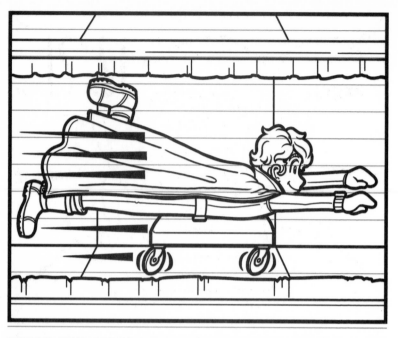

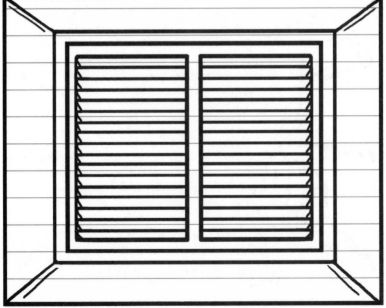

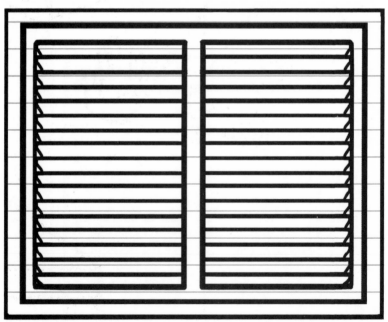

Fue el...

PEOR.
DÍA.
DE MI
VIDA.

2. ¡UN DESASTRE MONSTRUOSO!

Me quedé sentado encima de esa dichosa pizza durante lo que me parecieron SIGLOS.

Aquellos tres rufianes se encararon conmigo con una expresión asesina en sus rostros.

Fue una CATÁSTROFE de lo más INCÓMODA.

Tanto que me inspiró a componer un RAP...

UN DESASTRE MONSTRUOSO
(UN RAP ESCRITO POR MAX C. GUAY)

Iba como un cohete
por los conductos de ventilación,
montado en un monopatín trucado
que molaba un montón.

Circulaba a toda pastilla.
Pilotaba a toda mecha,
pero creo que fui a la izquierda
cuando debía girar a la derecha.

Aunque intenté PARAR,
¡el PELIGRO era REAL!
Salí VOLANDO por los AIRES
como una bala, chaval.

El choque fue BRUTAL,
de verdad, una calamidad.
La pizza monstruosa de carne
lo EMBARRÓ todo cantidad.

El *pepperoni*, las anchoas
y el champiñón están deliciosos,
¡pero si se pegan al TRASERO
todos ellos lucen ESPANTOSOS!

Qué asquito de vida, qué horror.
Imaginad mi frustración
al tratar de salir
de aquel horrible FOLLÓN.

Tenía el cuerpo muy mal,
la cara no apta para una foto,
el ego por los suelos
y el monopatín bastante roto.

Lo que comenzó
como una gran AVENTURA
acabó con tres RUFIANES
que me iban a dar SEPULTURA.

Así que les digo:
«¿Te has cabreado? ¡Qué mal!
¡Lo siento mucho, chaval!
¡En serio, me siento FATAL!».

Y aquí sigo yo,
a punto de PERDER la RAZÓN,
con el trasero ARDIENDO
porque la pizza quema MOGOLLÓN.

No me llames POTA.
No me llames CERO.
Ser un SUPERHÉROE
es lo que quiero.

Puede que la ARRUINE.
Puede que la PIFIE una vez más.
Pero Max C. Guay
NO iba a RENDIRSE jamás.

Si esta escena saliera en alguno de mis cómics favoritos, estaría escrita así...

La última vez que vimos a nuestro desafortunado héroe se hallaba sobre una pizza monstruosa de carne, ¡rodeado de tres DESPIADADOS criminales que planeaban darle MATARILE!

¿Lo harán picadillo como los ingredientes a los que rodea la dura y crujiente COSTRA DE PIZZA MALDITA?

¿Iban a COMERSE aquellos ladrones hambrientos la PIZZA sobre la que se sentaba Max? ~~¿Aunque tuviera más gérmenes que unos calzoncillos usados durante una semana y supiera a sudor de posaderas, olor corporal y miedo?~~

Y lo más importante: ¿podrá la genio de la informática, ERIN, ayudarle a salir de este ENORME lío CON VIDA ~~colándose en el sistema de vigilancia del instituto?~~

¿O se le CONGELARÁ el ordenador, atrapándola para siempre en la TERRIBLE y DESOLADORA pantalla azul de la MUERTE?

ERIN, ¡FLIPANDO EN COLORES!

¡No os perdáis las cautivadoras respuestas a estas emocionantes preguntas y mucho más!

¡Ya lo sé! No HACE FALTA que me lo recordéis.

¡Lo había ARRUINADO todo! ¡UNA VEZ MÁS!

La vida de un superhéroe es mucho más difícil y peligrosa de lo que pensaba.

Por eso, debo advertiros que esta historia acabará con mi DOLOROSA MUERTE u otro FINAL ABIERTO para flipar, ¡como en los cómics! Lo siento, muchachos, pero así son las cosas.

Así que, si os dan mal rollo esas cosas, os pido que dejéis de leer ¡AHORA MISMO!

Aquellos que estéis DESEANDO saber qué sucedió después, ¡preparaos para emprender un viaje alucinante!

Pero, ANTES de continuar, he de daros unos cuantos consejos para que no cometáis los mismos errores que yo.

Si puedo evitar que OS pase lo mismo que a MÍ, ¡las quemaduras de pizza que tengo en el trasero habrán merecido la pena!

3. ¡COLEGA, ME HE CARGADO MI TAQUILLA!

Los adultos siempre nos dan la lata a los niños para que DISFRUTEMOS de nuestra infancia porque es el MEJOR momento de nuestras vidas.

¿Perdona? Si ESTA es la parte buena, entonces mi futuro va a ser...

¡¡¡UNA BAZOFIA!!!

¡Soy el superhéroe más PATÉTICO de la HISTORIA! Pero sobre todo se debe a no haber pensado bien las cosas y trazado un plan BRILLANTE.

REGLA N.º 1: UN SUPERHÉROE DEBE ESTAR SIEMPRE PREPARADO.

Para empezar, no me encontraría en esta situación si no me hubiera quedado encerrado en mi taquilla.

Aun con mis superpoderes, debería haber contado con un plan de FUGA para escapar de mi taquilla. Si tuviera que empezar de cero...

... atravesaría la taquilla como un valiente, con la fuerza increíble y la velocidad del rayo de...

¡EL PODEROSO MAX!

Ascendería desde las profundidades, envuelto en una nube de niebla fantasmagórica, y abriría la puerta de la taquilla con telepatía, como...

¡MAX, EL SEÑOR DE LOS MUERTOS!

Reventaría la taquilla en un ataque de furia salvaje e incontrolable como...

¡MAD MAX EL DESTRUCTOR!

Pulverizaría la taquilla con las ensordecedoras ondas sónicas de mi asombroso solo de guitarra ante un público de fans enfervorizados como...

¡MAX NOTAX, ROCKERO HEAVYMETALERO!

Aniquilaría la taquilla después de transformarme en una colosal bestia tecnológica como...

¡MEGAMAX MAXIMUS!

¿Verdad que MOLAN estos superhéroes y sus superpoderes?

¡Pues SÍ! Los he creado y dibujado YO MISMO.

Pues ya lo sabéis: la próxima vez que OS QUEDÉIS encerrados en una taquilla, no cometáis el mismo error que yo.

Y aquellos que aún no tengan un superpoder EXTRAORDINARIO para DESTRUIR taquillas, que no se preocupen.

También os puedo dar un consejo que quizá os salve la VIDA.

Tened un teléfono móvil a mano.

¡EN
TODO
MOMENTO!

Luego no tendréis más que llamar o escribir a un amigo para que vaya a SALVAROS de tanta humillación.

Te lo juro.

¡¡¡VA EN SERIO!!!

4. ¿QUIERES PATATAS FRITAS?

Sé que voy a parecer el orientador del cole, pero escoger bien un oficio es muy importante, sobre todo para un superhéroe.

REGLA N.º 2: UN SUPERHÉROE DEBE TENER UN EMPLEO DE MEDIA JORNADA.

¿Por qué? Para poder escabullirte y fingir ser una persona normal ~~(los días que los VILLANOS no estén tratando de MATARTE)~~ y a la vez sacar algo de pasta para pagar la factura del teléfono y demás. ¿No me creéis? A ver qué os parecen estos datos:

Spider-Man es fotógrafo en un periódico, Superman es periodista de investigación, Thor es médico, Hulk es científico, Iron Man es inventor y Wonder Woman es enfermera.

TAMBIÉN hay que trabajar porque la dura transición de persona normal a superhéroe le lleva más tiempo a algunas personas que a otras y ~~podrías MORIRTE de HAMBRE...~~

Y cuando POR FIN encuentres un empleo, aquí tienes dos CONSEJOS LABORALES muy importantes que serán básicos para tu éxito:

1. HIGIENE EN EL CENTRO DE TRABAJO: Durante una larga noche de lucha contra los villanos en diversos lugares apestosos, como tanques de residuos, pescaderías, vertederos y granjas porcinas, es muy posible que sudes la gota gorda. No olvides nunca que el OLOR CORPORAL sobrehumano puede DERRETIR los MOCOS de cualquier hombre, mujer o niño vivo a cien pasos a la redonda. ¡Dúchate a menudo, PORFA!

2. BUENOS MODALES DURANTE LAS COMIDAS: Aunque tengas la superfuerza necesaria para abrir una lata de fabada con los dientes, tragártela y soltar GASES para lanzar un cohete a Júpiter, POR FAVOR, procura ser considerado con los demás a la hora de comer.

En fin, mi plan consiste en hacerme millonario como rapero, piloto de carreras o jugador profesional de videojuegos. Pero si ninguna de estas lucrativas carreras diera resultado, me conformaría con un empleo cerca de casa...

¡HACIENDO HAMBURGUESAS!

¡EN SERIO! Mis superpoderes me vendrían al pelo
en un trabajo como ese...

¡EL PODEROSO MAX,
SUPERHAMBURGUESERO!

Aunque debo admitir que la cosa podría ponerse un poco RARA, por lo de ser un superhéroe y tal...

¡AQUÍ ME TENÉIS, ESFORZÁNDOME POR NO PEGARLE UN PUÑETAZO A LOS CLIENTES MOLESTOS!

Sin embargo, lo que da más miedo de trabajar en una hamburguesería siendo un superhéroe es que pierdas los estribos y ¡MATES a alguien!

Si sucede, lo más seguro es que tu JEFE tome algunas de las medidas siguientes:

1. Prohibir que atiendas a los clientes del autoservicio ~~(lo que sería DEVASTADOR, porque significaría que no podrías volver a ensayar tus raps NI imitar a Justin Bieber con el micro de estrella del pop nunca más).~~

2. Bajarte de categoría ~~de HAMBURGUESERO JEFE a AYUDANTE DE LIMPIADOR DEL CUARTO DE BAÑO.~~

3. Obligarte a servir a todos los ancianos ~~que no paran de pedir cosas como pasta para dentaduras postizas, pañales para adultos y medicamentos para la hipertensión, porque creen estar en la FARMACIA del barrio en lugar de en un restaurante de comida rápida.~~

4. Mandarte limpiar después de todas las fiestas de

cumpleaños infantiles, ~~que siempre incluyen litros de VÓMITO naranja fosforito de los niños que se atiborran del horrible ponche de frutas, se montan en el carrusel y acaban VOMITÁNDOSE unos a otros.~~

5. Llamar a la policía, acusarte de asesinato y exigir la pena de MUERTE.

El único INCONVENIENTE de mi nuevo trabajo sería que, cuando se corriera la voz, ~~Abusón~~ algún VILLANO podría aparecer para TOCARME las narices.

En plan ERUCTAR muy fuerte por el altavoz del autoservicio después de haberle dicho: «¡Bienvenido a Loco Burger! ¿Qué desea?».

O intentar ACONGOJARME lanzándome MOCOS o GUSANOS por la ventanilla.

¡Además, los gusanos podrían llegar hasta las patatas fritas!

En ese caso, ¿QUÉ tendría que hacer yo, eh? Encogerme de hombros y decirle al cliente...

«¿QUIERES GUSANOS CON LAS PATATAS FRITAS?»

¡Lo siento, pero ESO estaría MAL en todos los sentidos!

5. ¡NO ME LLAMES! ¡YA TE LLAMO YO!

He de admitir que estar sentado encima de la pizza con tres matones despiadados que me miraban mal NO contribuía mucho a mi imagen de superhéroe.

—Llevamos horas buscando a este pequeño soplón, ¿y ahora aparece de la nada para aterrizar sobre nuestra PIZZA? —rezongó Ralph, un tipo bajito y regordete con un tupé ~~tan sucio y enredado que parecía que su gata lo había sacado de detrás del sofá, se había acostado encima y había dado a luz sobre él—~~ Pero lo que más me mosquea es el disfraz ese. Aún falta un mes para Halloween, ¿no?

—No sé, jefe. No parece un crío normal. —Moose, un tío cachas con el pelo de punta y cazadora vaquera, miraba mi capa plateada con cara de preocupado—. A lo mejor es... un ¡EXTRATERRESTRE DEL ESPACIO! Una vez vi en la tele a un alien que producía un sonido muy agudo que hacía que le explotara la CABEZA a la gente. Soltaba un *CHILLIDO* y *¡BUUUM!* ¡Todos muertos! En serio. ¡Daba tanto YUYU que tuve que dormir con la luz encendida toda la semana!

—Estás más LOCO que una cabra y ves DEMASIADO la televisión —se burló Tucker, un tío alto y delgaducho con un pañuelo en la cabeza—. Quizá sea el Ratoncito Pérez. O un aspirante a superhéroe, no sé, como... ¡SUPER PIZZA BOY! ¡Seguro que ha venido para salvar a las PIZZAS inocentes de ser DEVORADAS!

Entonces se partieron de risa los tres. No pude evitar sentirme como un auténtico PANOLI con el traje de ~~princesa del hielo~~ superhéroe de Erin que me había visto obligado a ponerme porque se me había estropeado la ropa en un desgraciado accidente. Luego, Ralph se me acercó tanto a la cara que pude verle los pelillos de la nariz, y me dijo:

—Estabas muy gallito cuando te escondías en los conductos de ventilación, pero ¡ahora parece que quieres ir con tu mamá! ¿Qué ha pasado..., PIZZA BOY?

Cerré los puños y lo fulminé con la mirada. Quise gritar y pegar unos cuantos puñetazos, pero algo me decía que aquellos criminales NO iban a asustarse de un chico con una capa plateada sentado sobre una pizza.

—No tenemos tiempo para seguir cuidando de un niñato que se cree un dibujo animado. Hay que llevarse estos ordenadores. ¿Cómo nos vamos a encargar de este pequeño problema, caballeros? —preguntó Ralph con tono amenazante.

—¡Acaba con él de una vez! —exclamó Moose enfadado mientras se quitaba una porción de pizza de la frente.

—¿Para qué? ¿Para que no alerte a la poli con sus gimoteos? —preguntó Tucker.

—¡NO! ¡Como castigo por echar a perder una PIZZA estupenda! ¡Tíos, me muero de HAMBRE! Ya sabéis cómo me PONGO cuando tengo hambre, ¿no? —se quejó Moose—. Me cuesta concentrarme y no dejo de pensar en COMIDA. Hamburguesas, tortitas, leche con chocolate, macarrones con queso...

Moose estaba TAN cabreado porque le hubiera estropeado la pizza que parecía a punto de LLORAR. En ese momento me vino un recuerdo de mi infancia...

MI MADRE

YO

¡AQUÍ ESTOY ARRUINANDO MI QUINTO
CUMPLEAÑOS AL DESTROZAR LA TARTA!

¡Fue una experiencia bastante traumática!

—¡Madura, Moose! —gruñó Tucker—. ¡Y deja de babear con la comida! ¡Me estás dando hambre a MÍ!

—¿Quieres que me calle? ¡Pues oblígame! —replicó Moose—. ¡Tengo MUCHA más hambre que tú!

—¡No es cierto!

—¡Sí que lo es!

—¡Que NO!

—¡QUE OS CALLÉIS! —gritó Ralph—. ¿Queréis COMER los dos? ¡Pues yo os daré un aperitivo! ¿Qué tal si os saco el BAZO y os lo meto por el gaznate? ¡Así dejaréis de tener hambre, IDIOTAS! ¿Me entendéis?

—Sí, jefe —mascullaron Moose y Tucker mientras se lanzaban miradas asesinas.

¡QUÉ BIEN! Los detalles ASQUEROSOS de esa imagen se quedarían GRABADOS en mi MENTE para siempre...

¡RALPH LES OFRECE A TUCKER Y MOOSE SUS BAZOS DE APERITIVO!

Justo antes de salir volando del conducto por accidente, le había enviado a Erin la contraseña de los sistemas electrónicos del instituto. Eso le otorgaba acceso remoto y el control de las luces, los altavoces, las cámaras de seguridad y demás, así que quizá podría verlo y oírlo todo.

Ella me mandó un mensaje para decirme que me llamaría a los dos minutos, así que yo había quitado el modo vibración del teléfono para oírlo, pero parecía que habían pasado siglos desde entonces.

No estaba seguro de si Erin era consciente del DRAMA que se desarrollaba en la sala de ordenadores, pero lo último que necesitaba era que me llamase, ¡con esos cacos pegados a la cara como un caso grave de acné!

—¡Yo vigilaré al crío mientras vosotros dos buscáis una cuerda para atarlo, zoquetes! —dijo Ralph mirándome—. ¡Y luego nos desharemos de él!

Me entró un sudor frío. ¿De verdad iban a darme MATARILE? ¿POR QUÉ? Y ¿CÓMO? Mis pensamientos frenéticos se vieron interrumpidos cuando...

Bueno, DI POR SENTADO que se trataba de Erin.

Sentí un escalofrío y me quedé paralizado mientras sonaba una canción cutre de una banda de chicos en mi bolsillo trasero...

«OYE, NENA, ESTA ES NUESTRA HISTORIA. CON TU AMOR, LLÉVAME A LA GLORIA.»

Sorprendidos, Ralph, Tucker y Moose se asustaron y empezaron a mirar a su alrededor con cautela.

¡Se comportaban como si acabaran de oír la SIRENA de la policía en vez de la canción más MOLESTA del mundo!

—¡Otra vez esa canción! —balbució Tucker—. ¡Es la misma que oí en las taquillas!

—Pero ¿de dónde NARICES sale? —preguntó Ralph mientras daba una vuelta de ciento ochenta grados para tratar de ubicar el origen de la música.

—¡Puede que sea un FANTASMA! ¡Os... os dije que este si... sitio estaba embrujado! —respondió Moose tartamudeando de miedo.

Me moría de ganas de mover la mano y apagar el sonido. Pero no podía arriesgarme a que esos delincuentes descubrieran que llevaba un móvil en el bolsillo, porque significaba que la policía y una condena de veinte años estaban a una sola llamada de distancia de ellos.

¡Qué más daba la cuerda ya! Seguro que iban a MATARME por culpa del teléfono. Solo de pensarlo me puse tan nervioso que apenas podía respirar.

Me ahogaba.

¡Buen trabajo, Pota! ¡Era el momento PERFECTO para tener un ATAQUE DE PÁNICO y dejar de respirar!

Tampoco ayudaba mucho que el inhalador estuviese en el bolsillo, junto al teléfono que no paraba de sonar.

¡¡¡GENIAL!!!

—¡Espera un momento, maldita sea! —dijo Ralph mientras ahuecaba la mano sobre su oído y entornaba los ojos—. Me parece que esa musiquilla viene de... de...

Los tres se lanzaron sobre mí a la vez que exclamaban...

—¡EL CRÍO!

Boqueaba como un pez fuera del agua, pero SEGUÍA sin poder respirar.

Me sentí MUY mareado.

Intenté sacar el inhalador, pero todo se puso a dar vueltas.

Y entonces, de repente, solo vi...

¡NEGRO!

6. UNA HISTORIA TÉTRICA Y RETORCIDA

¡No, EN SERIO! ¡No os miento! LA VERDAD es que nos quedamos A OSCURAS...

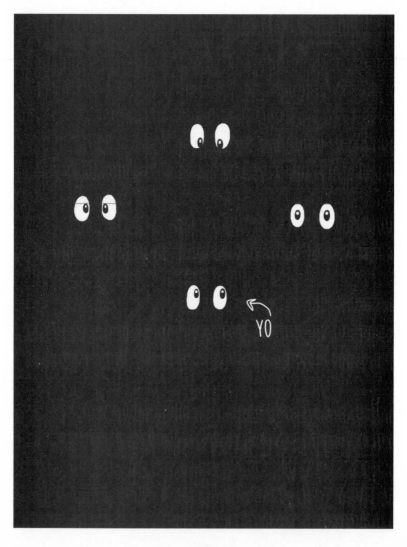

¡Al principio pensé que había MUERTO!

Y como el teléfono por fin había dejado de sonar, todo estaba en silencio. ¡Era un silencio MORTAL!

Para mi sorpresa, no sentí dolor. Ni a causa del ataque de pánico ni porque aquellos rateros me estrangularan tras descubrir que llevaba un móvil encima.

Por suerte, al final me di cuenta de que no estaba respirando, porque ESO sí que me habría MATADO sin ninguna duda. ¡Si no estaba muerto YA, claro!

Me llevé la mano al bolsillo, saqué el inhalador y lo usé dos veces tratando de respirar hondo.

¡Max Crumbly NO iba a rendirse tan fácilmente!

Me bajé de la ~~pizza~~ mesa y fui a tientas hasta la pared más cercana.

Lo único que recuerdo es sacarme la linterna de la bota y alumbrar el conducto de ventilación a la vez que la adrenalina me corría por las venas...

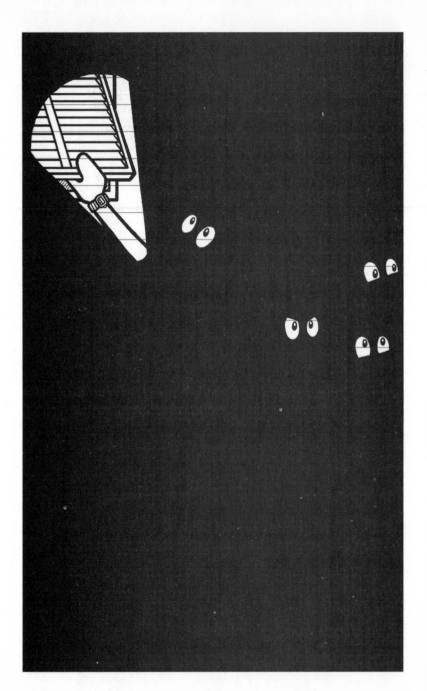

No tengo ni la menor idea de cómo llegué hasta ese conducto, pero lo hice. ¡Y no es broma!

Y justo a tiempo. En cuanto los ladrones superaron su sorpresa inicial tras el apagón, ¡se les FUE LA PINZA!

—¡Eh! ¿Quién ha apagado las luces? —chilló Tucker.

—¡UN FA... FA... FANTASMA! —volvió a aullar Moose.

—¡AGARRAD AL CHICO, MAMELUCOS! —gritó Ralph—. ¡No dejéis que se escape!

—¡Creo que lo tengo! —berreó Tucker—. ¡AY!

—¡TE PILLÉ! —vociferó Moose—. ¡UY!

—¡Quieto ahí, RATONCITO! —refunfuñó Ralph—. ¡UF!

Cuando se encendieron las luces otra vez, ¡no podía creer lo que estaba viendo! Y creo que Ralph, Tucker y Moose TAMPOCO...

¡Parecían sacados de un combate de LUCHA LIBRE de mentira de la tele!

Pero ¡estos tíos iban MUY en serio! Se pensaban que me estaban atacando a MÍ. Cuando, EN REALIDAD, se estaban dando una PALIZA los UNOS a los OTROS.

¡DE VERDAD! Sería incapaz de inventarme algo así.

Tardaron un tiempo en separarse de su tremendo ALTERCADO.

Y cuando por fin me vieron subido al conducto y riéndome de ellos, ¡se pusieron FURIOSOS!

Entonces empezaron a chillar y a gritarme cosas por las que me lavarían la boca con jabón si llegara a repetirlas.

Yo me limité a sonreír, los saludé con la mano y dije:

—¿Qué pasa, colegas? Espero que hayáis disfrutado de la pelea. ¡Siento no haber podido unirme!

Con tanto lío de luces, daba la impresión de que Erin estaba POR FIN al mando. Y menos mal, ¡porque yo ya pensaba que estaba ACABADO!

¡Erin me había SALVADO la vida!

Pero TODAVÍA teníamos que hablar por teléfono para trazar un plan brillante con el que detener a los ladrones que pretendían robar los ordenadores del insti. Y recuperar el cómic de mi padre (el ejemplar de coleccionista que me dejé sin querer en el aula de informática mientras jugaba a los videojuegos después de clase).

Decidí mandarle un mensaje rápido a Erin para decirle que iba de camino al cuarto de calderas (¡OTRA VEZ!) y que la volvería a llamar al cabo de diez minutos.

Pero primero debía indagar un poco para localizar el cómic.

Me alejé de todo aquel follón y entonces me puse cómodo.

7. RALPH SE DESAHOGA DE SUS FRUSTRACIONES

—¡Lo que FALTABA! —aulló Ralph—. ¡Ya me he hartado de ese niño! ¡Voy a meterme por ese conducto para atraparlo YO MISMO! ¡Y no pienso salir sin él!

—Oye, jefe, sé que estás enfadado, pero ¡subir por esos conductos es una idea muy MALA! —respondió Moose.

—¡Estoy de acuerdo! Sobre todo porque estás un poquito... ¡REGORDETE! —explicó Tucker nervioso.

—¡Cuando quiera conocer la opinión de dos ALBÓNDIGAS, me pediré un plato de espaguetis! ¡Guardaos vuestras estupideces para vosotros! —les soltó Ralph.

—No sé, jefe... ¡Me revuelve las tripas! —dijo Moose.

—¡Eso no es más que una INDIGESTIÓN del sándwich de mortadela, mostaza y huevo que te has zampado! Ven y ayúdame a subir. ¡RÁPIDO! —exclamó Ralph.

Tucker le lanzó una mirada fulminante a Moose...

¡RALPH SUBE A LA REJILLA DE VENTILACIÓN!

—No lo entiendo, Moose. ¿Cómo has sido capaz de ROBARME? —preguntó Tucker.

—Bueno, pues si te consuela, ¡tu sándwich sabía a carne de mono podrida! —le contestó Moose.

—¿Podéis dejar de discutir por un sándwich y empezar a concentraros, IDIOTAS? —se quejó Ralph.

Se balanceaba peligrosamente mientras Moose y Tucker trataban de auparlo hasta el conducto.

—¡Lo siento, je... jefe! ¡Me temo que eres un po... poquito grande para caber por un agujero tan pequeño! —gruñó Tucker.

—¿Un poquito? ¡Creo que me he reventado la co... columna ve... vertebral! —farfulló Moose.

Al final, Ralph consiguió trepar hasta el conducto, pero se quedó atascado a la altura de la cadera.

—¡Vamos, chicos! ¡Ya casi estoy dentro! ¡Seguid EMPUJANDO! —gritó Ralph—. ¿Qué problema hay...?

¡TUCKER Y MOOSE INTENTAN
INTRODUCIR A RALPH POR EL CONDUCTO!

¡Menuda panda de PAYASOS! ¡Solo les faltaban las narices rojas de plástico y una carpa de circo!

Tucker y Moose podían seguir empujando hasta quedarse sin aliento. ¡Incluso si llamaban a TODO el equipo de fútbol de octavo para que los AYUDARAN a empujar no lo conseguirían! Era IMPOSIBLE que Ralph pasara por esa rejilla.

¡Ya había presenciado bastante de aquel espectáculo TAN lamentable! Iba a pirarme al cuarto de calderas para hablar con Erin cuando me di cuenta de que se me había caído el móvil (en realidad, era el móvil de Erin). Estaba tirado a poca distancia de la entrada del conducto y de la ~~fea~~ jeta de Ralph. ¡PORRAS!

Corrí hacia él a cuatro patas, desesperado por recuperarlo. Estaba tan cerca del ratero que podía oler su aliento apestoso.

De pronto, Ralph extendió el brazo y trató de agarrarme la cara con su enorme manaza. ¡¡¡Casi me desmayo!!!

Me di la vuelta a toda prisa para escapar por los conductos de ventilación, pero ya era demasiado tarde...

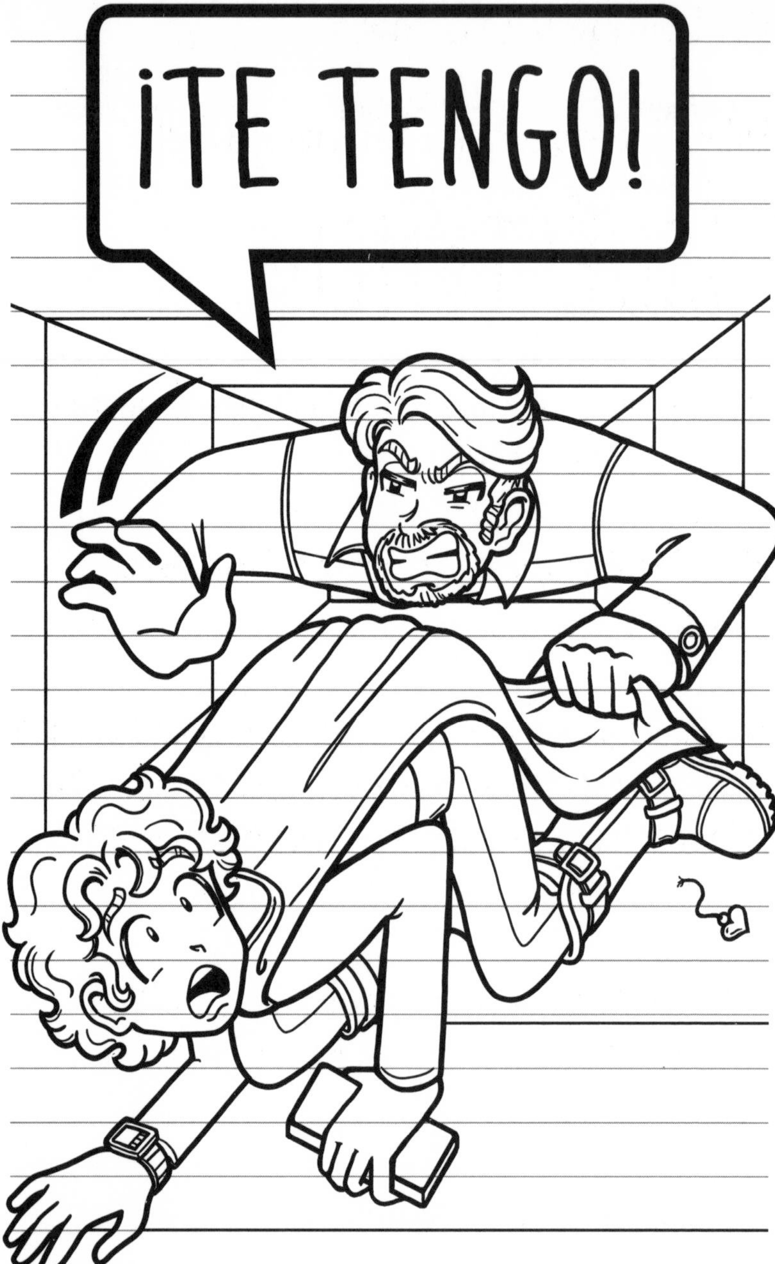
¡TE TENGO!

¡Ralph me agarró de la capa!

Entonces comenzó a arrastrarme hacia él.

«¡SUÉLTAME!»,

grité mientras trataba en vano de liberar mi capa de sus pezuñas de morsa.

Miré el teléfono y me pregunté si Erin podría ayudarme.

Sin embargo, a no ser que le pidiera a Ralph que me diera un respiro para poder llamarla e informarla de mi terrible situación, era imposible que ella supiera lo que sucedía en los conductos.

Antes me había salvado el pellejo en la sala de ordenadores gracias a su táctica de encendido y apagado de luces...

Pero ¡ahora estaba solo!

8. ¡POR QUÉ LOS VEJESTORIOS NO DEBEN PONERSE PANTALONES ANCHOS!

Nota mental: plantearme seriamente prescindir de la capa.

¡No era rival para Ralph! Por mucho que lo intentara, volvía a arrastrarme hacia la salida del conducto.

—¡Has metido la pata hasta el fondo, chaval! —gruñó Ralph—. ¡ASÚMELO!

Por ironías de la vida, su amenaza me inspiró una idea genial.

Entonces me tumbé de espaldas, me llevé las rodillas al pecho y solté un patadón con todas mis fuerzas. ¡Las gruesas suelas de las botas de motorista que había encontrado en la caja de objetos perdidos dieron de lleno en todo el CARETO pasmado y sudoroso de Ralph!

¡¡¡PAM!!!

—¡¡¡AAAYYY!!! —aulló de dolor—. ¡SOCORRO! ¡ESE MOCOSO ACABA DE DARME UNA PATADA EN LA CARA!

—¡Jefe! ¿Estás bien? —exclamó Tucker.

—¿Qué está pasando ahí dentro? —preguntó Moose.

—¡SACADME DE AQUÍ! ¡¡¡YA!!! ¡HABLO EN SERIO!

—Solo tienes que dejarte caer. ¡Te recogeremos! —dijo Moose—. ¡Salta, jefe! ¡SALTA!

—¡NO PUEDO! ¡¡¡NO... PUEDO!!!

Tucker y Moose se miraron el uno al otro y pusieron los ojos en blanco. Ralph se estaba portando como un crío.

—¿¡No puedes saltar!? —preguntó Tucker—. Pero ¿POR QUÉ?

En aquel momento, Ralph gritó tan fuerte que su voz retumbó por los conductos...

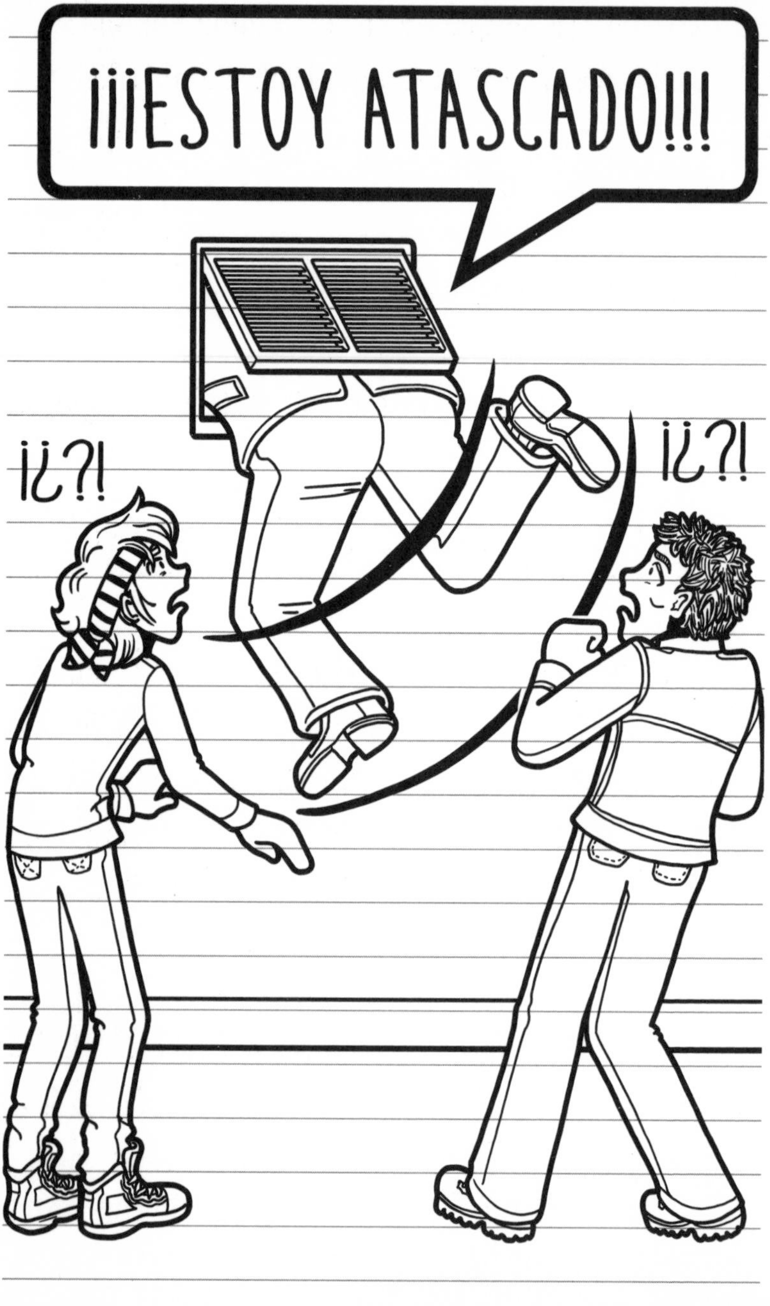
¡¡¡ESTOY ATASCADO!!!
¡¿?!
¡¿?!

Tucker y Moose se quedaron mirándolo sin poder creérselo. Ralph soltó un puñado de palabrotas mientras pataleaba como si compitiese en una carrera de natación.

—¡¡SACADME DE AQUÍ!!

—Pero, jefe, ¿qué quieres que hagamos? —preguntó Tucker.

—¡CUALQUIER COSA! ¡¡¡LO QUE SEA!!!

—¡Eh, la semana pasada vi un caso como este en la tele! —exclamó Moose emocionado—. A un hombre se le quedó la cabeza atascada en una tubería y cada vez que alguien tiraba de la cadena, ¡estaba a punto de ahogarse! ¡Llamemos a la policía para que traigan una cizalla y saquen a Ralph de ahí!

—¡¡¡IMBÉCILES!!! ¿¡NO OS HABÉIS ENTERADO DE QUE ESTAMOS ROBANDO EN UN INSTITUTO?! ¡SI LLAMÁIS A LA POLI, VAMOS DIRECTOS AL CALABOZO! ¡SACADME DE AQUÍ! ¡¡¡AHORA MISMO!!! ¿ME OÍS? ¡TIRAD!

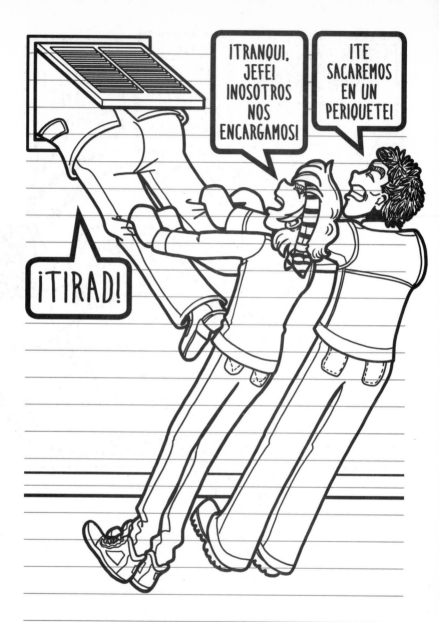

¡TUCKER Y MOOSE INTENTAN SACAR
A RALPH DEL CONDUCTO!

¡TUCKER Y MOOSE TIRAN CON
DEMASIADA FUERZA!

¡TUCKER Y MOOSE FLIPAN CUANDO
RALPH SE QUEDA SIN PANTALONES!

—¡TUCKER! ¡MOOSE! ¿QUÉ NARICES ESTÁ PASANDO? ¡NOTO AIRE FRÍO EN... LA RETAGUARDIA!

—¡No pasa nada! Hemos abierto una ventana para ventilar, ¡eso es todo! —mintió Tucker.

—¡Oye, Tucker! —exclamó Moose—. ¡Es inútil! Tal vez deberíamos llevarnos los ordenadores y salir de aquí pitando. Que Ralph nos alcance luego y le damos su parte del botín.

—¡No sé, Moose! Cuando consiga bajar de ahí y descubra lo que hemos hecho, ¡se va a poner hecho una FURIA! ¡Y puede que nos despida de verdad, o algo peor! —respondió Tucker.

Al final, los dos hombres trazaron un plan. Tucker se subió sobre los hombros de Moose y tiró con fuerza de la rejilla hasta que la desencajó de la pared.

Ralph había estado pataleando y chillando a pleno pulmón hasta que POR FIN lograron sacarlo...

—¡Ha sido un accidente! —farfulló Tucker—. ¡Perdón!

—No te preocupes, jefe. No le contaremos a nadie lo de las caras sonrientes —dijo Moose comprensivo—. Tu secretillo está a salvo con nosotros.

Entonces Ralph empezó a gritar, a zapatear y a levantar los brazos como si tuviera un berrinche.

—¡A la porra con el crío! ¡Estoy harto de perder el tiempo con ese GAMBERRO! ¡Y estoy aún MÁS harto de vosotros dos, PAYASOS! ¡¡¡Cargad con esos ordenadores, YA!!! ¡Tenemos que acabar este golpe y salir PITANDO de aquí! ¡Quien NO esté sentado en la furgoneta dentro de diez minutos se queda! Por mí, como si os vais de paseo con la poli. ¡¿ENTENDIDO?!

—¡Sí, jefe! —Moose y Tucker asintieron.

¡GENIAL! ¡Solo me quedaban diez minutos para hablar con Erin, trazar un plan para detener a los ladrones, encontrar el cómic de mi padre, llamar a la policía y largarme del instituto!

Tenía que ponerme en marcha, ¡y RÁPIDO! Intenté recordar dónde había dejado el carrito del conserje cuando recordé que se había quedado en el aula de informática, totalmente cubierto de pizza.

¡¡¡NO ME FASTIDIES!!! Iba a necesitar MÁS de diez minutos para llegar hasta el cuarto de calderas arrastrándome por los conductos de ventilación.

¡Mi situación era DESESPERADA! Empezaba a dolerme todo el cuerpo de tantos tumbos, y me estallaba la cabeza. Estaba HECHO UN DESASTRE, y mi batalla contra los cacos no había hecho más que empezar. Cogí el inhalador, miré el indicador de dosis y solté un gemido. ¿Estaba VACÍO?

¡ESTUPENDO! ¡Me había quedado sin medicamento! Si no me mataban los ladrones, ¡seguro que moría asfixiado!

Tal vez hubiera llegado la hora de rendirse y volver a casa. ¡Estaba claro que un cretino llamado POTA como yo no tenía nada que hacer frente a aquellos criminales DESPIADADOS!

Mientras me arrastraba en dirección al cuarto de calderas, no pude evitar sentirme bastante depre...

¡Sí!
Por fin había
logrado ESCAPAR
de mi taquilla, gatear por
el sistema de ventilación hasta
la LIBERTAD y SOBREVIVIR a una noche de
batalla contra tres ladrones sin escrúpulos.

Pero, por desgracia, ninguna de mis hazañas importaba ya. En cuanto pisara mi casa, mis padres iban a estar tan ENFADADOS conmigo que insistirían en que volviera a dar clases con mi abuela.

No tenía más remedio que darle las malas noticias a Erin. Yo era un completo DESASTRE y jamás podría evitar que los ladrones robaran los ordenadores.

En aquel momento, los rateros ya habrían subido el botín a su coche y estarían de camino hacia el restaurante Cutrini para recoger otra pizza para sustituir la que me había cargado yo. Esperaba que Erin no me odiara por haberla defraudado.

Estaba empezando a preocuparme por si me había equivocado de camino (¡OTRA VEZ!) cuando de pronto vi un resplandor raro que procedía de una rejilla grande al final de un pasillo. Corrí hacia allí y abrí la portezuela.

Entonces descendí con cuidado por una escalera metálica hasta una zona húmeda, mohosa y oscura... ¡el CUARTO DE CALDERAS!

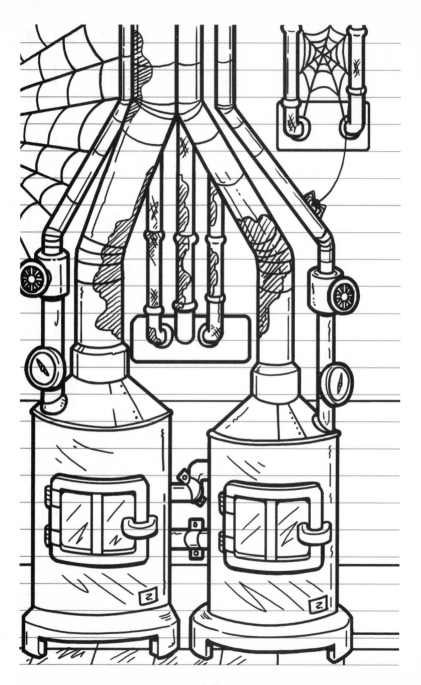

Parecía cerrado y aislado del resto del instituto desde hacía décadas.

Lo había descubierto casi por accidente unas horas antes, cuando había salido a patadas de la pared posterior de mi taquilla.

Lo más increíble era que ese cuartucho me daba acceso secreto al enorme y laberíntico sistema de ventilación del insti.

Ahora podía ir a cualquier parte del edificio sin que nadie me viera, como a la sala de profesores o al despacho del director.

¡Ostras, podría ser el AMO!

Volver a ver el cuarto de calderas hizo que me percatara de todo su potencial.

Si además le añadía un mayordomo y una consola de videojuegos, tendría una versión un poco CUTRE de la BATCUEVA. ¡¡¡MOLA!!!

A ver, ¡yo quiero a mi familia igual que cualquiera!

Pero ¡es que a veces son unos pesados!

En fin, tenía que llamar a Erin, pero estaba un poco preocupado.

Era una buena amiga, y no quería estropear las cosas.

¡Me corrijo!

Era mi ÚNICA amiga de clase, y no quería estropear las cosas.

Al final me saqué el móvil del bolsillo y marqué nervioso su número.

—¡Dios mío, Max! ¿DÓNDE estás? —dijo Erin como loca—. Te había perdido el rastro por completo.

Podía oír a esos hombres, pero a TI no. ¡Iba a llamar a la policía cuando recibí tu mensaje!

—¡Lo siento! —mascullé—. He pasado mucho tiempo escondido en los conductos de ventilación. Ahora mismo estoy en el cuarto de calderas.

—Intenté LLAMARTE, pero no respondías. ¡¿Qué ha pasado?! —preguntó ella.

—Lo oí sonar y DE VERDAD que quería cogerlo, pero temía que esos rufianes se enfadaran.

—¿Por qué iban a enfadarse?

—¿Quién sabe? ¡A lo mejor por ese estúpido TONO DE LLAMADA! Sé que *Historia de amor* es tu canción favorita, pero ¡es tan VOMITIVA que debería venir con una BOLSA PARA VOMITAR gratis!

—¡Mira, colega! —me espetó—. Gracias a esa canción VOMITIVA descubrí que estabas en la sala de informática. Y todo parecía apuntar a que te habías metido en un buen LÍO con esos ladrones.

—Sí, pero solo porque tú me habías llamado. Iba a... darles una tunda cuando sonó el teléfono ~~dije~~ mentí.

—¡Claro, Max! Seguro que sí. Siento mucho haber interrumpido la paliza que habías planeado, pero apagué las luces para DARTE tiempo a escapar.

—¡¿En serio?! Ya decía yo que pasaba algo con las luces. Muy inteligente, Erin. ¡Gracias! ¡De verdad!

—De nada. No quería echarte la bronca ni ponerme melodramática. Es que estaba preocupada porque me gustas mucho.

—Ah... ¿EN SERIO? —farfullé—. Pues... lo mismo digo.

—En realidad no quería decir que me gustes en ese sentido... Somos, esto..., amigos.

—Sí, por supuesto... Amigos. Lo mismo digo.

Se produjo un largo silencio y sentía que me ardían las mejillas. ¡Yo le gustaba a Erin! ¡GENIAL! Pero no estaba colada por mí. Y no pasaba nada.

Después de eso, la cosa se puso un poco RARA...

¡Resultaba agradable saber que Erin se preocupaba por mí. Pero ¡no os equivoquéis! No es que esté enamorado de ella ni nada parecido. ¡Si apenas la conozco! En fin, el caso es que decidí cambiar de tema.

—¿Oíste a Ralph despotricar acerca de cargar los ordenadores y marcharse en diez minutos? Eso fue hace un cuarto de hora. ¿Y si ya se han ido? —le pregunté.

—Tienes razón. Déjame ver. Espera...

Erin estuvo tecleando unos veinte segundos.

—¡Los encontré! Estaban fuera, metiendo cosas en su furgoneta, pero ahora han vuelto. ¿Qué te parece si les ponemos *El Apagón 2.0: El Remix*? —dijo.

—¿Es otra canción cutre de una banda de chicos?

—Pues no, señor Listillo. ¡Digo que esos tíos no pueden ROBAR lo que no pueden VER!

Tuve que reconocerlo: ¡Erin tenía toda la razón!

—Creo que has ganado algo de tiempo, pero ¡lo que necesitamos es un plan brillante para detenerlos! —suspiré con frustración.

—Si se TE ocurre una idea mejor, no te la guardes para ti, Einstein. TIENES un plan, ¿verdad, Max?

—Pues... Claro que sí. ¿Por qué no iba a tenerlo? Y además, ¡mola cantidad! —balbuceé.

—¡Estupendo! ¡Pues vamos AL LÍO! —exclamó Erin.

A ver, no voy a mentir. Estaba hecho un flan por tener que afrontar un gran proyecto como este con Erin. Al fin y al cabo, podía acabar... ¡MUERTO!

Todavía estaba traumatizado por lo que me sucedió cuando ayudé a mi hermano pequeño Oliver a hacer una cosa superpeligrosa. ¿Que QUÉ era?

Lo ayudé a hacer un MUÑECO DE NIEVE. ¡Eh, no os riáis! Parece fácil, ¿verdad?

¡PUES NO! ¡Estuve a punto de MORIR...!

¡Me pasé una HORA intentando convencer a Oliver de que era su hermano y NO su nuevo muñeco de nieve mágico y superchulo llamado *Carámbano*!

Y, para entonces, tenía los cachetes del trasero como dos cubitos enormes de hielo. Estaba seguro de que iba a FALLECER de un caso terminal de ~~culogelación~~ congelación. Como estaba claro que no podía descongelarme las posaderas en el microondas, no tuve otra opción más que usar el secador de pelo de mi hermana ~~sin su permiso~~.

Sé que Oliver no es más que un niño pequeño, pero a veces creo que tiene el mismo cociente intelectual que una pelusilla del ombligo.

En fin, esperaba que las cosas fueran mejor con Erin que con aquel estúpido muñeco de nieve.

—Muy bien, Erin, este es el plan. Para empezar, necesitamos tener controlados a esos tres chiflados. ¿Qué es lo que puedes ver y oír exactamente?

—Permíteme que reúna esa información —dijo

Erin–. El sistema de sonido del insti está instalado en todas las aulas y en los pasillos, así que puedo oírlo casi todo –me explicó–. Pero las únicas cámaras de seguridad que me aparecen en la pantalla son las de las puertas principal y trasera. Por algún motivo no puedo acceder a las otras nueve. Y, ya que estamos con el tema, acabo de tener una idea. Cuelga y vuelve a llamarme para que podamos hacer una videoconferencia. ¿De acuerdo, Max?

Antes de que pudiera protestar, oí un CLIC y Erin ya no estaba al otro lado. En ese momento empecé a sentir un sudor frío. ¡No quería que Erin me VIERA!

¡Se me había OLVIDADO por completo! ¡¡¡Llevaba puesto su DISFRAZ DE PRINCESA DEL HIELO!!! ¡SUPERGUAY ☺!

Fue un alivio saber que Erin tenía acceso limitado a las cámaras. Planeaba evitar esas dos a toda costa.

Llamé a Erin por videoconferencia, pero me acerqué mucho el móvil a la cara para que no distinguiera lo que llevaba puesto...

¡Sí, ya lo sé! Se me veía distorsionado y raro, y seguro que Erin podía contarme los mocos que tenía en la nariz.

Pero eso era MUCHO mejor que FLIPARA al VERME con su disfraz de princesa ROBADO, como si fuera su hermana gemela FEA con BIGOTILLO incipiente.

~~¡En serio! Ahora no es más que pelusilla, pero~~
~~seguro que tendré que empezar a afeitarme dentro~~
~~de un mes o dos.~~

Total, que después de un intenso intercambio de ideas, Erin y yo confeccionamos un plan bastante decente.

Mi labor consistía en peinar tres zonas, colocar trampas, atraer a los ladrones y capturarlos de uno en uno.

Erin debía vigilar por dónde iban los ladrones (por MI seguridad), mantenerlos ocupados y/o distraídos con los sistemas automáticos del insti, evitar que se fueran con objetos robados, localizar el cómic perdido de mi padre, alertar a la policía cuando acabara todo y, lo más importante, asegurarse de que yo SOBREVIVÍA a aquella hecatombe.

Y, por si acaso os lo preguntabais, ¡a mí me había tocado la parte FÁCIL!

¡VA EN SERIO!

11. RELATOS DE UN NINJA ADOLESCENTE

Cuando Erin dijo que me ayudaría a enfrentarme a esos ladrones, me sentí contento y aliviado.

No obstante, debo admitir que su PREOCUPACIÓN constante empezaba a irritarme un poco.

Le preocupaba perder el contacto conmigo, le preocupaba que no volviera a llamarla y le preocupaba que no respondiera al móvil.

Pero ¡ojo al dato! ¡AHORA insistía en que siguiéramos al teléfono para que pudiera llamar a la poli si me veía en una «situación de emergencia»! ¡Estaba ALUCINANDO la tía!

—Lo siento, Erin. ¡No voy a consentir eso ni en broma! Es probable que me queden unos cuarenta y cinco minutos de batería y necesito reservarla todo lo que pueda. ¡NO pienso seguir al teléfono contigo como si fueras mi NIÑERA!

—En realidad solo te quedan CUARENTA minutos

para llevar a cabo el plan. Después voy a llamar a la policía. Puedes usar tus ÚLTIMOS cinco minutos de batería para llamar a tus PADRES y explicarles por qué tienen que venir las autoridades a RECOGERTE al cole en plena noche. ¡Tengo que estar en contacto contigo en todo momento, si no, me retiro!

—Pero bueno, Erin; ¡si lo tengo CONTROLADO! ¿POR QUÉ tienes que exagerar tanto?

—¿Que POR QUÉ? ¡Porque ES importante! Y si no estás de acuerdo con MIS condiciones, voy a llamar a la policía Y a tus padres ¡AHORA MISMO! Nunca me lo perdonaría si te pasara algo, Max. Y me NIEGO a que me expulsen y tirar por la borda la posibilidad de ir a una buena universidad por ayudarte a TI a romper treinta y nueve normas del instituto en una sola noche ¡por culpa de TUS problemas con ABUSÓN! Así que tú eliges, colega.

En ese momento, Erin y yo estábamos tan exasperados el uno con el otro que nos habríamos BORRADO como amigos de Facebook (si lo hubiéramos sido, claro).

De todos los móviles que podía haber elegido entre los objetos perdidos, tuve que coger el que pertenecía a la señorita sabelotodo. ¡No me fastidies!

Discutir con Erin iba a ser inútil y una pérdida de tiempo monumental.

Era bastante evidente que no tenía ni voz ni voto.

—Mira, Erin, me rindo. Lo haremos a TU manera. Me quedaré al teléfono, ¿vale? —murmuré.

Solté un profundo suspiro y me guardé el móvil en el bolsillo para continuar la llamada sin que pudiera verme.

Llegado ese punto, ya no sabía quién era más CARGANTE, si Erin o los tres delincuentes.

En fin, según nuestro plan, lo primero que debía hacer era comprobar la cafetería del instituto.

Decidí tomar un atajo especial para llegar hasta ella.

Atravesé el agujero enorme que había en el cuarto de calderas...

... que conducía directamente hasta mi taquilla y hacia el pasillo principal...

Sin embargo, antes de salir de mi taquilla, Erin decidió que era IMPRESCINDIBLE que recibiera el primer informe de la situación.

—Max: Ralph está recibiendo una bronca de su mujer, Tina, a través del móvil. Tucker está en el cuarto de baño de los chicos y Moose se encuentra junto a la fuente, trasegando agua. Así que tienes vía libre desde tu taquilla hasta la cafetería.

No me creo que vaya a decir esto, pero puede que Erin tuviera razón. Mantenernos comunicados podía ser la clave.

En lugar de arrastrarme por los conductos de ventilación a cuatro patas, ahora podía caminar por los pasillos sin preocuparme de toparme con aquellos rufianes ~~y que me arrancaran la cabeza~~. Pero lo mejor era que no se habían llevado ningún ordenador desde que Erin había apagado las luces.

Me sentía como si formara parte de una operación ninja de alta tecnología. ¡Podéis llamarme MAX EL NINJA, EL GUERRERO SIGILOSO! Cuando era pequeño, estaba obsesionado con las «Tortugas Ninja». Aunque casi todos los niños les pedían a sus padres un perro o un gato, yo me conformaba con una tortuga corriente. Más o menos...

No era lo que se diría un niño mimado, ni pedía demasiado. Lo único que deseaba era una tortuga que creciera hasta alcanzar el metro ochenta...

Y que comiera pizza, viviese en una alcantarilla, se comportara como un adolescente y practicase artes marciales. Y que llevara ropa chula, como pantalones militares, pañuelos, botas y cadenas de oro.

¡Venga ya! ¿ACASO era pedir DEMASIADO?

Como mi familia y amigos sabían que me obsesionaban las tortugas, me regalaron 4 por mi cumpleaños, ¡y cincuenta dólares! ¡Fue una PASADA!

Aunque mis tortugas eran pequeñas, decidí darles mucha comida para que crecieran mogollón. Solo me haría falta comprar ropa chula para vestirlas.

Me alegré mucho cuando mi hermana Megan se ofreció a venderme la ropa vieja de sus muñecas por SOLO cincuenta dólares, que era TODO el dinero que me habían dado por mi cumple. Pero ¡aquel trato resultó ser una ESTAFA!

En fin, cuando se me pasó la fase de las «Tortugas Ninja», llevé a mis mascotas al estanque del parque y las dejé en libertad. Parecían muy contentas por estar libres y se fueron nadando juntas en busca de un nuevo hogar.

Creo que aquello significaba que ya no era un niño inocente y que por fin me estaba convirtiendo en un joven maduro.

Como eran tan amigas, creo que mis tortugas seguirán viviendo juntas. Ya deben de haberse puesto ENORMES con la dieta fresca del estanque. ¡Puede que hasta midan un metro ochenta! Y seguro que practican artes marciales, luchan contra el crimen, comen pizzas y llevan ropa supermolona. ¡Y por eso me ARREPIENTO de haberlas SOLTADO!

¡Fue la mayor ESTUPIDEZ que he cometido en la vida!

¡Vale! No os MENTIRÉ. No fue más que OTRA de las MUCHAS estupideces que he cometido en la vida. ¡Va en serio!

12. ¡CUIDADO CON LOS PANECILLOS CON PELILLOS VERDES!

Al acercarme a la cafetería, mi estómago empezó a rugir como una trituradora de basura. Recé para que Erin no lo oyera, pero fue en vano.

—Max, ¿QUÉ es ese ruido tan raro? Bueno, pensándolo bien... ¡quizá mejor que NO lo sepa!

—¡NO es lo que crees! Es que hace horas que no como y me suenan las tripas. Eso es todo —expliqué.

No me podía creer lo que hizo Erin entonces. ¡Me dio la combinación de su taquilla para que sacara un paquete de galletas! ¡Y además eran mis favoritas, con trocitos de chocolate! ¡Por fin iba a poder cenar! ¡¡¡GENIAL!!!

Cuando llegué a la cafetería, casi no la reconocía. Parecía muy distinta sin la aglomeración de chavales, los cocineros gruñones con redecillas en el pelo y los malos olores. ¡Comer ahí es un auténtico PELIGRO!

¡¡¡Os lo juro!!! Estuve a punto de echarle el bofe a Erin. Por suerte, conseguí llegar hasta el baño.

Pero, por desgracia, todos los retretes estaban ocupados y había gente lavándose las manos en todos los lavabos.

Por suerte, conseguí llegar hasta el cuarto de baño del pasillo de octavo curso. Pero, por desgracia, estaba cerrado porque lo estaban pintando.

Así que me vomité por encima.

Y sí, ¡¡¡era VERDE!!!

El vómito, no mi camiseta.

Esa fue la ÚLTIMA vez que comí algo de la cafetería.

En fin, cuando intenté abrir la puerta de la cocina, vi que no la habían trancado, así que me colé a echar un vistazo...

¡AQUÍ ESTOY INVESTIGANDO
LA COCINA DEL INSTI!

—Erin, estoy en la cocina. Aquí hay un montón de cosas, pero no veo nada que nos sirva para atrapar a un delincuente. A no ser que queramos tirarles un microondas a la cabeza.

—¡Venga, Max! ¡Sé creativo!

—Bueno, si pudiera echarles el guante a unos cuantos panecillos mohosos, podría servirles un caso grave de INTOXICACIÓN ALIMENTARIA, ¡con guarnición de vómitos y diarrea! —sugerí con sarcasmo.

—¡Es verdad! ¡Podríamos llamarla la Operación Hamburguesa Peluda! —se rio Erin.

—¡Qué bueno! ¡Ese será nuestro nombre en clave! —respondí con una sonrisa.

—Oye, se me ocurre otra cosa superasquerosa. ¿Qué te parece un poco de esa sopa de pollo VISCOSA?

De pronto tuve una idea.

—¡ESO ES! —grité—. ¡PERFECTO!

—¿El qué? ¿Obligarles a comerse una sopa de pollo VISCOSA?

—¡NO! ¡Voy a PREPARAR una trampa que los dejará secos! ¿Puedes ayudarme con una receta? —le pedí.

—¡Claro, Max! Pero espero que cocines RÁPIDO... Según mis cálculos, a la batería de tu móvil le quedan treinta y nueve minutos.

—No me lo recuerdes, POR FAVOR —mascullé mientras agarraba un cuenco enorme y me dirigía hacia la despensa para ver los ingredientes de los que disponía.

Iba a preparar algo tan ASQUEROSO que solo de pensarlo me subió el vómito a la boca.

¡PUAJ!

Mi única esperanza consistía en COCINAR algo que incapacitara por completo a un ladrón sin escrúpulos.

13. ¡EL ATAQUE DEL DEVORADOR DE GALLETAS!

Acababa de terminar de elaborar mi mejunje en la cocina cuando recibí otro informe de Erin.

—¡Tengo malas noticias, Max! Esos tíos han estado rebuscando en las aulas de séptimo a ver si había linternas. No han encontrado ninguna, pero SÍ localizaron velas en uno de los laboratorios de ciencias. ¿Te puedes creer que pretenden robar el resto de los ordenadores a la luz de las velas? Y hasta puede que lo consigan. ¡Me temo que ha llegado la hora de llamar a la policía!

—¡Espera! Todavía no he recuperado el cómic de mi padre. ¡Tenemos que detenerlos! —protesté.

—Lo siento, pero a menos que sepas Kung Fu o algún antiguo truco mental jedi, ¡se acabó el juego! —dijo Erin con un suspiro.

Gruñí y miré al techo con frustración. Entonces fue cuando me di cuenta de que había algo que podría neutralizar a aquellos cacos. ¡De golpe!

Le conté a Erin mi idea DESCABELLADA, y estuvo de acuerdo con que podría funcionar SI era capaz de descubrir cómo poner en marcha uno de los sistemas automáticos en una ubicación exacta...

Como Erin es un HACHA de la informática, estaba SEGURO de que se le ocurriría algo. ¡Y así FUE!

¡Justo en el momento PERFECTO!

Madre mía, cómo se cabrearon los ladrones. Los oímos gritándose y chillando entre ellos ante los secadores de manos del baño de chicos.

Puesto que habíamos logrado impedir que

desvalijaran el aula de informática, Ralph le ordenó a Moose que robara los equipos de los despachos.

Después del desastre de la pizza, no me cabía duda de que Moose seguiría MUERTO DE HAMBRE, así que decidí aprovechar sus problemas personales en nuestro beneficio.

Me coloqué delante de la pared de vidrio del despacho y devoré las galletas con voracidad. Luego hice un pequeño baile como si fueran las MEJORES galletas del universo.

Por último, saludé a Moose con la mano, como diciéndole: «¿Quieres galletas? ¡Pues ven a por ellas!».

¡Me puse TAN cargante que me dieron ganas de PEGARME para dejar de irritarme a MÍ mismo!

Moose me fulminó con la mirada. Entonces se relamió y tragó saliva, como si se le hiciera la boca agua. Por suerte, su resistencia frente a mis burlas tenía un límite, ¡y no tardó en ponerse FURIOSO!

¡SOY EL ~~MONSTRUO~~ DEVORADOR DE LAS GALLETAS!

—¡Se DESHACEN en la boca! —le dije a Moose a través del vidrio.

Abrí la boca y le enseñé las galletas masticadas.

—¿Verdad que sí? —coincidió Erin—. Podría comerme un paquete entero yo sola.

Al final, Moose apretó los dientes, dejó el ordenador en una mesa y corrió hacia la puerta. Esperé lo justo para asegurarme de que me veía y salí pitando en dirección a la cafetería, acompañado del eco de mis pasos sobre el pasillo.

—¡Max! ¿Qué sucede? ¿Estás bien? —preguntó Erin con tono preocupado.

—¡Estoy bien! Es solo que... tengo que ir al baño —le mentí—. Es un poco urgente. Espera un momento, ¿vale? Vuelvo enseguida.

Entonces me llevé la mano al bolsillo, saqué el teléfono y pulsé el botón de SILENCIO. Iba a pasar algo muy gordo. ¡Y NO ES BROMA!

14. ¡HUYE, COBARDE, QUE EL TRASERO TE ARDE!

Todo se desarrollaba tal como lo había planeado.
Moose me perseguía hacia la cocina mientras me
gritaba de todo menos guapo.

Lo único que tenía que hacer era situarme detrás de
la encimera, esperar a que entrara corriendo...

... y entonces... ¡¡¡TOMA!!!

¡Un ladrón menos del que preocuparse!

Pero, por desgracia, algo salió mal.

Creo que debí de derramar un poco de mejunje,
porque me resbalé con algo y me ESTAMPÉ contra el
suelo.

Me deslicé por la cocina panza abajo y estuve a
punto de darme de cabeza contra el horno.

Cuando Moose llegó hasta mí, se agachó y me recogió
del suelo. ¡¡¡Literalmente!!!

—¡No eres más que un MOCOSO llorica! —gruñó Moose mientras me sacudía—. ¿Qué dices AHORA, TIPO DURO?

Mientras yo luchaba por mi vida, Moose había encendido el fogón con el trasero y se estaba quemando.

Como era un tipo enorme con mucho músculo, me sorprendí un poco al oírle soltar un chillido agudo como el de un cerdo. En realidad sonaba como el de un LECHÓN. ¡Un bebé CERDITO!

¡En serio! ¡NO me lo estoy inventando!

~~Que Moose estuviera tan distraído con el fuego me hizo sentirme un poco más valiente.~~

~~Así que me acerqué a su cara y grité: «¡OYE! ¿Quieres PELEA? ¡Pues ven a por mí, tronco!».~~

Moose me soltó y se lanzó a toda velocidad sobre el fregadero de la cocina. Entonces agarró la manguera y se roció el trasero con agua hasta que se extinguieron las llamas.

Estaba a punto de salir por patas cuando Moose se giró de pronto y me lanzó una mirada asesina.

Tenía la cara roja y sudorosa, y las manos apretadas en sendos puños.

Su cazadora y sus vaqueros estaban negros y carbonizados por detrás y olían a... esto... perritos calientes quemados.

Tuve un presentimiento muy MALO de lo que iba a suceder luego. ¡Sabía que me iba a DOLER! Entonces pensé que era un BUEN momento para que Erin llamara a la POLICÍA, ¡ya que estaba a punto de MORIR!

Sin embargo, recordé que había puesto el móvil en SILENCIO. ¡QUÉ FALLO!

Justo cuando iba a abandonar toda esperanza, ocurrió algo de lo más EXTRAÑO. Moose miró detrás de mí a la vez que su ceño FURIOSO se convertía poco a poco en una sonrisa DESQUICIADA.

¡Había visto las galletas con trocitos de chocolate!

—¡Tienes suerte de que esté FAMÉLICO, chaval! ¡Te arrancaré la cabeza DESPUÉS de un TENTEMPIÉ!

Se lanzó sobre mis galletas y, cuando estaba a punto de agarrar el paquete...

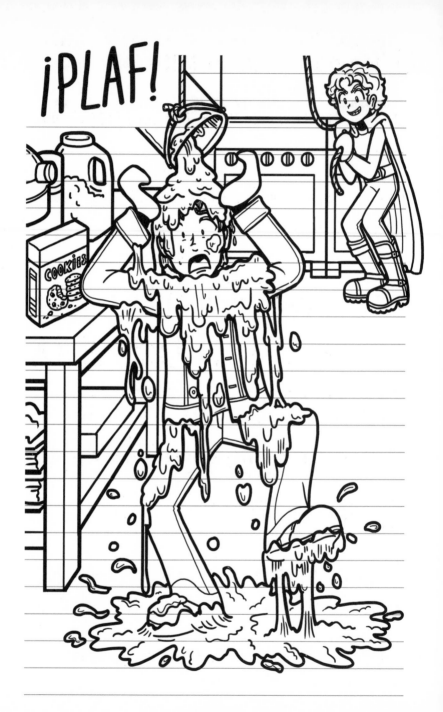

¡SÍ! ¡Cubrí a Moose con la PLASTA!

Era la distracción que necesitaba para acabar con él.

Cuando el cubo aterrizó sobre su cabeza, se puso a gritar y a chillar...

—¡AYUDA! ¡SOCORRO! ¡QUITADME ESTE CUBO DE LA CABEZA! ¡ESTÁ ATASCADO! ¡NO VEO NADA! ¡QUITÁDMELO! ¡¡¡SOCORROOO!!!

Yo pensaba AYUDAR a Moose, claro está. Pretendía ayudarle a FINALIZAR su carrera como ladrón.

¿CÓMO? Con un paquete de film transparente.

No pretendía envolverle un sándwich de mortadela
y mostaza a Moose. En realidad iba a...

PAPEL FILM

¡ENVOLVERLO A <u>ÉL</u>! ¡Creo que se podría decir que POR FIN estaba siendo creativo!

Cubrí todo el cuerpo de Moose con papel film.

Después lo arrastré hasta la columna más cercana y pasé el film alrededor de ella para que quedase bien atado.

Estaba BASTANTE seguro de que no se movería de allí en un rato largo.

Me moría de ganas de contárselo a Erin, ¡sobre todo porque no podría haber hecho NADA de eso sin su ayuda!

Me había dado la idea genial de la plasta al mencionar la sopa de pollo VISCOSA de la cafetería.

Y cuando le dije los ingredientes que había en la cocina, enseguida se le ocurrió una receta original para hacer la plasta con maicena, detergente y agua.

Hice la mezcla, coloqué la trampa y usé ~~su~~ MI paquete de galletas como CEBO.

¡Y había FUNCIONADO! ¡¡¡DE MARAVILLA!!!

Cogí el móvil y pulsé el botón de silencio para que pudiera oírme otra vez.

—¡Hola, Erin! ¿Sigues ahí? ¡He vuelto!

—Sí, estoy aquí. Yo también he ido al baño. Oye, Max, tienes que dejar de perder el tiempo. Según mis cálculos, te quedan veintiséis minutos de batería. ¡Y aún no hemos empezado a buscar el cómic!

—Gracias por el informe, Erin, pero al menos ya no tenemos que preocuparnos por Moose. Se podría decir que está liado.

—¡¿CÓMO?! ¿Estás de broma? Me doy la vuelta un minuto para ir al baño y...

—¡Oye, no es culpa mía si TU receta para la plasta lo ha dejado así! ¡Debes de ser una cocinera muy BUENA o muy MALA! —le dije en broma.

—A ver, que yo me entere, Max. ¿Dices que nuestro

plan ha dado resultado? ¿Moose está fuera de combate?

—¡Y tanto! Espera un momento, que te lo enseño.

Sostuve el teléfono en alto.

Y esto es lo que vio Erin...

NUESTRA FOTO POLICIAL DE MOOSE.

—¡OSTRAS! ¡No cabe duda de que está hecho un auténtico LÍO! —dijo Erin con una risita.

—¡Sí, nuestro plan ha salido de RECHUPETE! —sonreí.

Bromas aparte, la verdad es que fue un alivio librarse de Moose.

Pero las cosas podían haberse puesto muy feas.

NOTA MENTAL: **NO** vuelvas a poner el móvil en silencio.
¡NUNCA! ¡¡¡JAMÁS!!!

En fin, ya solo nos quedaban veintiséis minutos, no, veinticinco, para encargarnos de Tucker y de Ralph.

15. CÓMO NO SE DEBE LUCHAR
CONTRA UN MATÓN

Cogí el paquete de galletas, me escabullí hasta la cafetería y eché una ojeada al pasillo con cautela.

—Erin, ¿puedes darme un informe sobre Ralph y Tucker? Tengo que ir al gimnasio.

—Eso está hecho, Max. Ambos están en el aula de octavo, junto a la sala de informática, esperando a que vuelva Moose con los ordenadores de los despachos. Ralph sigue hablando por teléfono con su mujer y Tucker ha dicho que iba a hacer un dibujo de su gato, el *Señor Mitones*, en la pizarra.

—¡Gracias! Voy al gimnasio ahora mismo.

—No te acerques a esa aula y todo irá bien. Voy a encenderte las luces del gimnasio —dijo Erin—. Pero ¡date prisa! No nos conviene que se impacienten y salgan a buscar a Moose.

Eché a correr hacia el gimnasio, esperando que las

puertas no estuvieran cerradas con llave. Unos treinta segundos más tarde, contuve la respiración, agarré el picaporte, tiré y...

¡SÍ! ¡La puerta estaba ABIERTA!

Al acceder al gimnasio, tuve que resistir el impulso de agacharme y buscar refugio.

Estaba vacío, pero aún seguía esperando que me CAYERA un pelotazo por cortesía de Abusón Thurston. Desde que le vomité sobre la zapatilla en clase de educación física me la tenía jurada. ¡A ver, que fue un ACCIDENTE! ¡Supéralo ya, COLEGA!

Justo ayer estuvimos jugando al tenis en clase y Abusón no dejó de tirarme pelotas a la cabeza.

Lo ÚLTIMO que necesitaba era meterme en líos en el insti, así que apreté los dientes y pasé de él.

Pero ¡no os CONFUNDÁIS! Si NO ODIARA con toda mi alma estudiar en casa con mi abuela, ¡habría sacado la MÁQUINA LANZADORA DE PELOTAS del almacén y habría perseguido al BERZOTAS de Abusón por todo el gimnasio hasta que echara los cereales del desayuno!

Nunca olvidaré que Abusón me humilló delante de toda la clase de educación física durante las prácticas de lucha. ¡El tío me derrotó en menos de diez segundos!

En realidad, no tendría que molestarme tanto, ya que es mayor que yo y casi me dobla en tamaño.

¡SOLO me pudo vencer tan RÁPIDO porque hizo TRAMPAS! En toda la jeta del profe.

En cuanto comenzó el combate, ¡Abusón me plantó su SOBACO sudoroso, apestoso y peludo en plena cara! Y como tengo asma, casi no podía respirar. ¡Tuve suerte de no perder el conocimiento!

Abusón debe de estar conteniendo la respiración TODO el tiempo. ¿POR QUÉ? Porque huele que APESTA. ÉL también debería MAREARSE por su propio olor.

La próxima vez que luchemos, voy a llevar un ventilador pequeño a pilas. ¡Así POR FIN podré vencer a Abusón con su propio TRUCO SUCIO! ¡En solo TRES CÓMODOS PASOS!

¡CAMPEÓN DE LUCHA DE MI CLASE!

La cuestión es que buscaba algo que me diera una idea para detener a los rateros.

—Erin, ¿qué puedes controlar del gimnasio con tu
ordenador? —le pregunté.

—Vamos a ver... Pues bastantes cosas, la verdad. El
reloj, el marcador, los altavoces, el ventilador del
techo y el tablero y la red de baloncesto. También
veo por aquí algunos audios y emisoras de radio
de internet. ¿Quieres escuchar el himno del insti,
Ánimo, caimanes verdes? ¿O prefieres el remix
de *Historia de amor?* —se mofó Erin.

—¡No! Tú... ¡NO! ¡Las DOS canciones son una CACA
y tendría que limpiarme las orejas con papel
higiénico después de oírlas! —bromeé.

Pasaba por delante de la cuerda de escalada cuando
de pronto se me ocurrió una idea CHIFLADA. Pero me
preocupaba que fuera demasiado complicada para
llevarla a cabo.

Decidí inspeccionar el almacén del gimnasio ¡y me
tocó la lotería! Encontré cosas que podía usar, como
una red de portería, cuerdas de resortes, combas
y una vara expandible con un gancho al final.

Erin y yo mantuvimos una sesión rápida de intercambio de ideas y trazamos un plan brillante para neutralizar a Tucker.

Cogí la vara extensible y, tras algunos intentos, logré desenganchar la cuerda y llevarla a otra parte del gimnasio.

Coloqué la red de fútbol y otros objetos en el suelo cerca de la cuerda, Erin hizo descender la canasta hasta mi altura y POR FIN todo estuvo listo. Lo ÚNICO que faltaba era un ladrón.

—¿CÓMO hacemos que Tucker venga hasta aquí? —le pregunté a Erin.

—¡Muy fácil! No hay más que enviarle una invitación.

—¡Es la idea más ESTÚPIDA DE LA HISTORIA! —exclamé.

Pero después de que me explicara los detalles, reconocí que su idea era ¡GENIAL! Saqué mi boli y arranqué una página en blanco de mi diario. Con mi mejor letra, escribí la nota que Erin me dictó.

El corazón me latía con fuerza mientras me aproximaba al aula donde esperaban los dos cacos. Por suerte, Ralph estaba distraído con su llamada telefónica.

Le di un buen golpe a la puerta y pegué la nota a la ventanilla con un trocito de chocolate fundido (no tenía pegamento...).

Hola, Tucker:

¿Quieres picar algo?
¡He encontrado galletas!
Te he dejado un paquete
en el gimnasio.
Pero no se lo digas
a Ralph, porfa. Se
enfadaría con nosotros
y las tiraría. Volveré
dentro de 1Ø minutos.

MOOSE

16. ¡CÓMO ENREDAR A UN BOBO!

No quise quedarme para ver si Tucker abría la puerta o leía mi carta.

Corrí al gimnasio y me escondí en el almacén. Entonces me asomé por la ventanilla de la puerta para comprobar si el caco picaba el anzuelo.

—¿Crees que vendrá? —le pregunté a Erin.

Pero Tucker entró corriendo antes de que ella pudiera contestar.

—¡Eh, Moose! ¿Por qué tardas tanto en traer los ordenadores? ¡Ralph se está MOSQUEANDO mucho! Y ¿dónde están las galletas? ¿Es una broma o qué? Porque no le veo la... Pero ¿qué narices...? ¡Moose! ¿Por qué las has puesto ahí arriba?

Las PALABRAS no BASTAN para describir la LOCURA que se desató en el gimnasio, así que no me molestaré en decirlas. Una imagen vale más que mil palabras, ¿no?

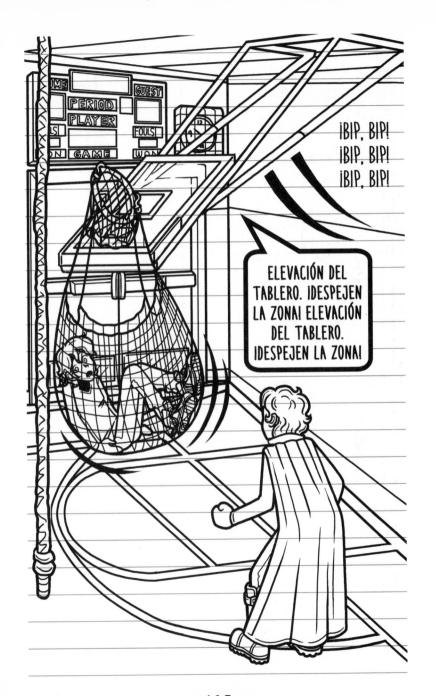

¡Ya os lo había ADVERTIDO!

¡Fue la cosa más FLIPANTE del mundo!

Levanté el teléfono para que Erin viera lo que habíamos pescado en la red...

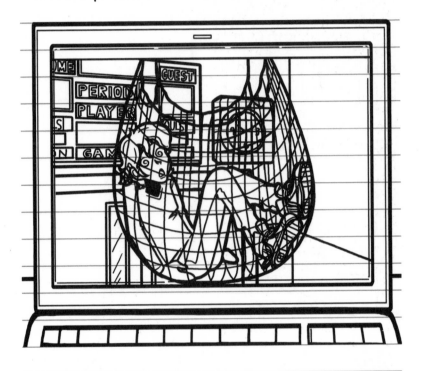

NUESTRA FOTO POLICIAL DE TUCKER.

—¡Madre mía! ¡Es ALUCINANTE! No me creo que el plan haya funcionado —murmuró Erin sorprendida.

Después del viajecito en el ventilador, Tucker seguía un poco desorientado y no paraba de repetir «¡Galleta! ¡Galleta mala!».

Aun así, estaba seguro de que se pondría bien después de relajarse un poco en la red.

El único caco que quedaba era el viejo gruñón de Ralph. Tenía el presentimiento de que iba a ser el más difícil de vencer. Y puesto que ni Moose ni Tucker tenían mi cómic, Ralph pasaba a ser el sospechoso principal.

—¡Más vale que te des prisa, Max! Según mis cálculos, ¡solo te quedan unos catorce minutos de batería en el móvil! —me indicó Erin—. Y no olvides que hemos quedado en que llamaría a la policía cuando te quedasen cinco. ¿De acuerdo?

—Sí, Erin, ¡lo recuerdo! En serio, ¿cómo iba a olvidarlo? —mascullé—. Tú deja de preocuparte, ¿vale? ¡Lo tengo CONTROLADO!

Suspiré y volví a guardarme el móvil en el bolsillo. Entonces me entró el pánico.

¡Mi situación parecía DESESPERADA!

TODAVÍA tenía que librarme de Ralph Y recuperar el cómic, pero SOLO me quedaban NUEVE minutos.

¿NUEVE MINUTOS? ¡Era IMPOSIBLE!

Además, estaba bastante harto de tanto luchar: contra Abusón, para salir de mi taquilla, contra los ladrones, contra mis miedos, para que los chicos como yo pudieran tener una vida mejor.

No tenía más remedio que hacerme una pregunta muy difícil... ¿Había llegado la hora de aceptar la derrota y despedirme del instituto South Ridge con un BESO?

¡DE NINGUNA MANERA!

Lo siento, pero ¡Max Crumbly NO iba a rendirse tan fácilmente!

17. ¡CÓMO HACER QUE TE CASTIGUEN HASTA LOS VEINTIÚN AÑOS!

La idea de enfrentarme a Ralph otra vez me daba CANGUELO. No sabía por dónde empezar.

—Bueno, Erin, ¿tienes alguna idea para acabar con Ralph? —pregunté intentando mantener la calma.

—¡Va a ser duro de pelar! Por eso propongo que usemos el aula de biología de octavo. Está muy cerca de las escaleras de la salida sur, y hay un montón de cosas chulas, como un cohete a biocombustible que hice yo. ¿Te he dicho que me pusieron un sobresaliente? —presumió.

—La verdad es que no —respondí.

—¿Sabes qué? ¡Me pusieron un sobre por el cohete!

—Muy graciosa, Erin. ¡Estoy impresionado!

De repente oí un estruendo. Al principio pensé que venía del pasillo.

Pero entonces saqué el móvil y vi esto...

—¡ERIN MADISON! ¿Sigues despierta a estas horas? ¡He oído voces! ¿Con QUIÉN estás hablando? —la regañó su madre.

—¿Cuántas veces te hemos dicho que nada de redes sociales, mensajitos y llamadas DESPUÉS de las nueve? Erin, ¡esto ya ha ido demasiado lejos! —la sermoneó su padre.

—¿MAMÁ? ¿PAPÁ? ¡No habéis LLAMADO a la puerta! ¡Habíamos acordado que NO entraríais así en mi habitación! ¡Tengo derecho a algo de INTIMIDAD! —se quejó Erin.

—¡Cuando rompes las reglas NO, jovencita! —replicó su madre.

—Erin, estás castigada durante una semana, y voy a confiscarte el portátil. ¡Dámelo AHORA mismo! —le exigió su padre.

—¡NO! ¡NO PUEDO! ¡ES SUPERIMPORTANTE! ESTOY HABLANDO CON... NO; ESTOY HACIENDO... UN TRABAJO DE CLASE... MUY IMPORTANTE —protestó Erin.

—¡Seguro que puede esperar hasta mañana! ¡Y AHORA, A LA CAMA! —la reprendió su padre.

—¡PAPÁ! ¡¡¡NO!!! ¡POR FAVOR, DEVUÉLVEME MI...!

¡CLIC! Se hizo el silencio.

Me quedé pasmado mirando el teléfono.

18. ¡CUMPLEAÑOS INFELIZ!

De pronto empecé a marearme.

Como si fuera a vomitar allí mismo.

Una cosa era PONERME en peligro.

Pero me sabía fatal haber metido a Erin en un buen lío.

¡Y solo porque estaba tratando de AYUDARME!

¡Fue entonces cuando decidí que había llegado el FINAL! Ya era hora de rendirse y volver a casa.

Pensaba ir a ver Erin a la mañana siguiente para explicárselo todo a sus padres y disculparme.

Ya no me importaba lo que pudiera sucederme.

Mis acciones habían afectado a una persona que me importaba mucho ¡y eso me convertía en un CRETINO total!

Mientras me marchaba, no pude evitar oír la voz de Ralph reverberando por el pasillo.

Estaba hablando por el móvil. Me acerqué con sigilo a la puerta del aula y puse la antena...

—¡Escúchame, Tina! Siento MUCHO haberme perdido la cena de cumpleaños de tu madre. Te prometo que os compensaré a las dos. La llevaré al Cutrini Pizza o a otro sitio elegante, ¿vale? Pero ¡es que ahora estoy ocupado TRABAJANDO! Debo TRABAJAR para pagar las facturas y COMPRARTE cosas bonitas, cielo. ¿Qué? ¿Que si le he COMPRADO un regalo a tu madre? Pues... La verdad es que no me acuerdo... ¿Cómo? ¡NO hace falta que le pases el teléfono a tu madre para que me DISCULPE por perderme su cumpleaños y no hacerle un regalo! Ahora mismo no tengo tiempo para hablar con ella. ¡Estoy TRABAJANDO! ¡Tina! Tina, ¡deja de GRITARME! ¡POR FAVOR!

Eché una ojeada a través de la ventanilla para intentar localizar mi cómic.

TENÍA que estar ahí, en ALGUNA PARTE...

¡Mi corazonada era cierta!

¡Estaba más que desesperado! Así que corrí un enorme riesgo... ¡para intentar la estratagema más ABSURDA DE LA HISTORIA!

19. ¡LLEVO A CABO MI GRAN HUIDA!

¡Sí, ya lo sé! ¡LO SÉ! ¡La ESTRATAGEMA que había utilizado era INCREÍBLEMENTE PELIGROSA!

ADVERTENCIA: ¡NO INTENTÉIS ESTO EN CASA, NIÑOS!

Sé que tuve MUCHA suerte de salir con vida de aquella habitación. Pero TENÍA que recuperar el cómic de mi padre ~~porque si no me iba a MATAR!~~

Menos mal que Ralph estaba distraído con la llamada de su encantadora esposa Tina.

~~Entre nosotros, la verdad es que el COMPORTAMIENTO de Ralph me pareció VERGONZOSO. Sé que es un malhechor y un ratero de poca monta..., pero ¿qué clase de persona FALTA a la cena de CUMPLEAÑOS de su suegra, OLVIDA comprarle un regalo y SE NIEGA a cantarle el cumpleaños feliz?~~

~~¡No me cabía la menor duda de que RALPH ERA UN MONSTRUO INHUMANO!~~

Me quedé paralizado en la puerta mientras trataba de decidir cuál sería mi próximo movimiento.

Si Ralph iba a la cocina a buscar un tentempié y encontraba a Moose... ¡yo era HOMBRE MUERTO!

Si Ralph iba al gimnasio para entrenar un poco y encontraba a Tucker... ¡yo era HOMBRE MUERTO!

Si Ralph volvía al aula para recoger el cómic y me encontraba a MÍ... ¡yo era HOMBRE MUERTO!

¡Estaba claro que ya había cumplido mi COMETIDO! ¡POR FIN! Era el momento de LARGARSE a toda prisa del instituto South Ridge. Además, pensaba llamar a la policía nada más salir por la puerta.

Luego escribiría a Erin para asegurarme de que estaba bien. Me sentía fatal por haberla metido en un lío mientras trataba de AYUDARME.

Sin embargo, ¡Ralph había desaparecido sin dejar rastro! Cuando llegara a la puerta de SALIDA al final del pasillo, la PESADILLA habría TERMINADO...

Cuando Ralph surgió de la nada de esa manera, ~~¡creo que me meé y me cagué en los pantalones~~ estuve a punto de tener un ataque al corazón!

Estaba tan pasmado que se me cayó el cómic de las manos. Sí, lo solté DESPUÉS de haber arriesgado mi vida para quitárselo a Ralph.

¡Era como vivir una pesadilla TERRIBLE!

Como cuando te persigue una CRIATURA espantosa con dientes muy afilados Y debes llegar a clase para hacer un examen para el que no has estudiado Y todos se ríen de ti porque estás sentado a tu mesa en ropa interior.

Sí, ¡una pesadilla TERRORÍFICA!

Ralph rugió y me agarró la cabeza con ambos brazos como un oso pardo enloquecido. Pero me zafé de él.

Entonces me agarró el brazo izquierdo, pero golpeé su cuerpo contra la puerta con todas mis fuerzas.

Lo atonté y le hice perder el equilibrio el tiempo suficiente para soltarme el brazo.

Eché a correr pasillo abajo y, cuando miré hacia atrás, estaba recogiendo el cómic.

Rezongó, se lo guardó en la chaqueta y salió pitando tras de mí.

Me fallaban los pulmones y me costaba respirar, pero no sabía si era porque estaba CORRIENDO o si me estaba dando un ATAQUE DE PÁNICO por haberme quedado sin medicación para el asma.

Una cosa estaba clara: fuera adonde fuese, Ralph iba a SEGUIRME como un toro bravo a la carga.

¡ME CORRIJO!

Ralph podía seguirme A TODAS PARTES MENOS A UNA...

¡El sistema de ventilación!

20. ¡EL ATAQUE DEL RETRETE ASESINO, SEGUNDA PARTE!

En el siguiente pasillo, giré hacia la derecha.

El baño de los chicos del extremo sur era la entrada más próxima a los conductos. TODAVÍA estaba sucio y apestoso después del pequeño accidente que había tenido antes.

¡Venga ya, hombre! ¡No fue ESA clase de accidente! La bromita no tiene NI PIZCA de gracia.

Había aprendido a las malas a no ignorar un cartel que dijera «MUY fuera de servicio» en la puerta de un retrete. Y, a pesar de lo que me habían inculcado para enseñarme a usar el baño, hay ocasiones en las que es mejor NO TIRAR DE LA CADENA.

Me subí al retrete como si atravesara un campo de minas y logré llegar a salvo hasta el conducto.

Huy, qué PENITA me dio lo que le sucedió a Ralph a continuación...

¡¡¡CLARO QUE NO!!!

Ralph estaba TAN enfadado que empezó a gritarme cosas feas mientras le daba patadas al retrete desbordado...

—¡ESCUCHA, CHAVAL! ¡CUANDO TE PONGA LAS MANOS ENCIMA TE VAS A ENTERAR! ¡IRÉ A POR TI Y TE ARRANCARÉ LA CABEZA! ¡NO SALDRÁS DE AQUÍ CON VIDA! ¡TE LO JURO! ¿ME OYES? ¡¿ME OYEEEEEEEEEEEES?!

Era evidente que Ralph estaba teniendo un ataque de nervios integral.

Pero aquel engrudo negro y apestoso con el aspecto y el olor de la diarrea desestabilizaría a cualquiera.

Estaba agotado y quería irme a casa.

El cómic era una causa perdida.

En ese momento, no tenía ni LA MÁS MÍNIMA POSIBILIDAD de recuperarlo de manos de Ralph.

Y cuando mis padres descubrieran el follón que había montado, volvería a estudiar en casa con mi abuela desde el martes siguiente.

Sin embargo, lo peor era que probablemente no volvería a ver Erin.

¡¡¡JAMÁS!!!

Estaba seguro de que ya debía de ODIARME.

Fue bonito mientras duró.

¡Fuera lo que fuese!

Si quería salir del instituto con vida, tenía que encontrar una salida cuanto antes.

Entonces recordé que Erin había dicho que en su aula de biología había cosas que podía usar para atrapar a Ralph y que estaba cerca de las escaleras de la salida sur. De modo que me dirigí hacia allí...

¡Estaba deseando que aquel DESASTRE llegara a su FIN!

21. CÓMO SE ROMPIERON
TODOS MIS SUEÑOS

El aula de biología de Erin era casi idéntica a mi aula de física.

Sin embargo, en la de biología había acuarios llenos de peces, tanques llenos de reptiles y jaulas llenas de mamíferos.

También había una zona para insectos y arañas que contenía varias tarántulas enormes y media docena de colonias de hormigas.

¡Ojalá los padres de Erin no la hubieran castigado! ¡Podríamos haberlo pasado BOMBA con Ralph en esta aula!

Tenía tanta prisa que tuve un accidente al bajar por el conducto.

NO podía creerlo, pero acababa de tirar un puñado de tubos de ensayo y matraces de una estantería...

Como la puerta del aula estaba abierta, el sonido de cristales rotos reverberó por los pasillos...

¡CRAC!

¡Seguro que Ralph lo había oído!

Cómo no, apenas había llegado hasta la ventana cuando Ralph entró como una bala. Estaba cubierto de mugre y olía fatal.

—¡Hola, chaval! ¡He VUELTOOO! ¡Y tengo algo que te pertenece! —dijo mientras agitaba el cómic de un lado a otro para provocarme.

—¡Dámelo! ¡AHORA MISMO! —grité.

—¡NO! ¡Después de todo lo que me has HECHO, es hora de que te pague con tu MISMA moneda! —dijo.

¡Entonces abrió la ventana a toda velocidad y lanzó mi cómic por ella!

Grité:

—¡NOOOOOO!

—¡Adiós para siempre, pequeño cómic! —se burló
Ralph mientras se despedía de mi libro con la
mano como si fuera el Joker, un criminal loco
y peligroso—. ¡Estoy seguro de que el SOPLÓN te
va a echar MUCHO de menos! ¡Parecías GUSTARLE
TANTO...! Pero ahora te he LIBERADOOOOO. —Ralph
se volvió para mirarme—. Dime, ¿te apetece
saltar por la ventana con tu amiguito? ¿SÍ?

¡Ralph había perdido la cabeza! En el fondo, creo
que CABREADO era mucho más agradable que
DESQUICIADO.

Me di media vuelta y corrí hacia la parte de atrás
del aula. Entonces fue cuando vi el cohete de Erin y
una caja de cerillas.

Encendí rápidamente el cohete y apunté a Ralph.
Recé para que lo asustara lo suficiente para poder
huir del edificio...

Ralph tenía toda la razón. HABÍA fallado.

El cohete de Erin se propulsó hacia él, pero en el último momento dio un bandazo y pasó justo por encima de su cabeza, sin apenas rozarlo. ¡El corazón me dio un vuelco!

~~Era imposible que Erin hubiera sacado un sobresaliente con esa basura. Creo que un aprobado habría sido más que generoso.~~

—¡Pizza Boy vuelve a FALLAR! —gruñó Ralph mientras se reía desde el otro lado del aula.

Tenía razón. ¡Era un AUTÉNTICO fracasado!

Mientras Ralph se me acercaba lentamente, me fijé en algo muy raro. Le salía humo de la coronilla.

Debió de ver su reflejo en la ventana o algo así, porque de repente se puso a gritar y a correr por el aula como si le ardiera el pelo. En realidad era una reacción muy lógica, ¡ya que el pelo le ARDÍA DE VERDAD!

Al principio me preocupó un poco dejar a Ralph con _Campanilla_ en ese estado.

Pero a ella parecía gustarle, porque le lamía la cara y trataba de jugar con él. Como si fuera un... ¿PERRITO? gigante de 3 metros de largo y 70 kilos de peso.

Como era una MASCOTA DEL INSTI, creo que se podía confiar en que _Campanilla_ fuera muy mansa.

¡Nunca la había visto reptar por las paredes para TRAGARSE ENTEROS a niños y profesores!

¡Venga ya! Si no, LA MITAD del insti ya habría sido devorada. Así que _Campanilla_ TENÍA que ser INOFENSIVA, ¿no?

Claro que también era posible que estuviera EQUIVOCADO.

¡ES BROMA!

¡¡¡NO, NO LO ES!!!

Me saqué el móvil y le hice una foto a Ralph. ¡Ya tenía FOTOS POLICIALES de los TRES ladrones!

Pensé en mandársela a Erin, pero lo más probable era que no pudiese verla, ya que sus padres le habían confiscado el ordenador...

NUESTRA FOTO POLICIAL DE RALPH.

No había pasado ni una hora sin Erin y YA empezaba a echarla de menos. ¡VA EN SERIO!

22. EL SALTADOR DE CONTENEDORES

NO podía creerme que Ralph hubiera tirado el cómic de mi padre por la ventana, así porque sí.

Aquel desastre me trajo unos recuerdos muy TRAUMÁTICOS de mi infancia. Cuando era pequeño, estaba completamente obsesionado con Superman.

Y cuando descubrí que sus padres lo habían enviado a la Tierra en una nave espacial, decidí construirme una. En mi dormitorio. Tardé semanas en reunir todos los materiales y terminarla por fin.

Mi plan era que Superman y yo les haríamos una visita sorpresa a sus padres. Y durante mi estancia en su planeta natal, ¡yo TAMBIÉN obtendría poderes sobrehumanos!

Sin embargo, mi hermano pequeño, Oliver, lo fastidió todo cuando empezó a QUEJARSE de mi CASCO ESPACIAL superrealista.

Por supuesto, mis padres se mosquearon por todo y se pusieron de parte de Oliver, como siempre. En lugar de apreciar mi obra, me dijeron que recogiera mi habitación.

Más tarde, cuando volví a casa después de los Boy Scouts, ¡encontré mi maravillosa nave en la BASURA! ¡DETESTO que la gente tire cosas importantes que me pertenecen!

Pero bueno, ya que Ralph estaba fuera de combate, corrí hasta la ventana y me asomé...

¡No daba crédito! Mi cómic había caído encima de una extraña estructura con forma de tubo que estaba anclada al edificio.

Además, parecía que unos obreros habían estado cambiando el techo de esa parte del instituto.

Vi conos de señalización, una valla y un cartel que decía «¡PELIGRO! OBRAS», lo que significaba que nadie debía acercarse. Pero ¡se trataba de una EMERGENCIA!

O sea, que me subí con cuidado a la ventana, me colgué del alféizar y me dejé caer.

Estaba muy oscuro, pero el techo se encontraba iluminado por la lucecita de la cámara de seguridad.

Fui hasta donde estaba el cómic y me agaché para recogerlo, pero se escurrió por el tubo gigante.

Intenté atraparlo, pero perdí el equilibrio. ¡De pronto estaba cayendo! Y seguí cayendo...

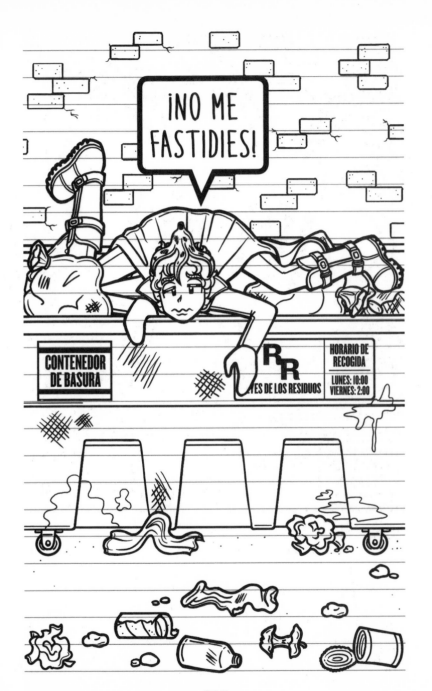

23. ¡TODO SE VA A LA PORRA!

No tenía muy claro cómo había acabado en ese contenedor. Me quedé ahí tirado, atónito y estupefacto.

Sí, estaba VIVO.

No, creía que no me había roto ningún hueso.

Sí, los ordenadores del insti estaban a salvo.

No, los ladrones ya no eran un PELIGRO.

Pero ¡AUN ASÍ, todo se había ido a la PORRA! ¡Seguía sin encontrar el cómic! Y cuando se lo contara a mis PADRES, me sacarían del insti para que mi abuela me diera clase en casa. Y entonces no volvería a ver a Erin NUNCA MÁS.

¡Todo se había ido a la PORRA en muchos sentidos!

Luego sucedió algo muy extraño. Empezaron a caerme cosas desde la canaleta de la basura...

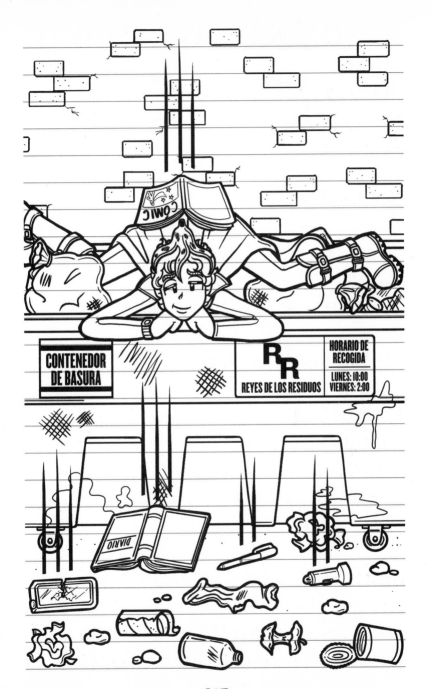

Mi diario. Mi boli. Mi linterna. El móvil de Erin. Y por último...

¡¡¡EL CÓMIC DE PAPÁ!!!

Tal vez mi vida no fuera tan PATÉTICA al fin y al cabo.

Por suerte, había caído sobre lo que parecía ser la camilla de la enfermería, que debían de haber tirado hacía poco. Había pasado muchas horas tumbado sobre ella, tratando de recuperarme de mis roces con Abusón. Reconocería aquel olor en cualquier parte. SÍ, APESTABA a sudor, pis y vómitos, pero no me importó.

Estaba tan conmocionado por todo lo que había sucedido ¡que hasta era posible que yo oliera aun PEOR! Sobre todo después de que Ralph se me echara encima en el pasillo a oscuras. Pero bueno, ¡no os riais! Si os lo hubiera hecho a VOSOTROS, también os habríais ORINADO. Seguro.

Una cosa estaba clara: ¡Ralph tendría que estar

MUY AGRADECIDO de que no me hubiera puesto en plan NINJA después de darme ese susto y le hubiera propinado una buena PALIZA! Lo digo en serio.

Fue un bajón darme cuenta de que el móvil estaba hecho POLVO. De todos modos, la batería ya habría MUERTO por aquel entonces, así que no podía llamar a la poli (ni a nadie, la verdad).

Pero ¡al menos tenía el CÓMIC de mi padre! Y, milagrosamente, no parecía que hubiera participado en la Tercera Guerra Mundial.

¡¡¡OLÉ AHÍ!!!

De pronto me sentí tan inspirado que escribí un rap:

¡TIRA LO MALO!
(UN RAP ESCRITO POR MAX C. GUAY)

Puede que parezca
que no vale NADA,
pero si lo llamas *VINTAGE*
¡vale MUCHA PASTA!

Tengo un muñeco de acción
al que le falta la cabeza.
Tres iPods reventados,
ninguno de una pieza.

Cuarenta kilos
de carne dudosa.
Cuarenta calcetines
que ATUFAN a fosa.

Cinco patinetes rotos,
¡se acabó molar!
¡Mortadela podrida
que te hará VOMITAR!

Un candado oxidado.
Un guante desparejado.
Un reloj estropeado.
Un espejo rajado.

Un sombrero rosa chafado.
Un bicho indeterminado.
Un gato gordo disecado.
Un bate viejo y agrietado.

Descendí al vertedero
¡y ascendí a los CIELOS!
Mis letras son tristonas,
pero ¡mi estilo os dejará LELOS!

Lo que uno descarta
¡a otro le encanta!
Lo que vales de verdad
nadie lo sabe en realidad.

¡Cuando todo se va la porra,
que no se te vaya la olla!
¡QUÉDATE con lo que mole
y TIRA LO MALO!

24. CEGADO POR LA LUZ

En general me sentía bastante bien. Estaba deseando poder contarle a Erin lo que había pasado.

Si no hubiera estado despatarrado encima de un montón de basura, habría hecho mi baile de la victoria.

Así que lo hice MENTALMENTE. Pero solo durante unos catorce segundos.

¡¿POR QUÉ?!

Porque ese fue el tiempo que tardé en darme cuenta de que AHORA estaba atrapado en un recinto con paredes de ladrillo de cuatro metros de alto.

¡Un recinto CERRADO!

Incluso poniéndome de puntillas encima del contenedor me faltaba mucho para alcanzar la parte superior de la pared. Lo que significaba que no había salida...

¡Entonces fue cuando caí en la cuenta!

Las autoridades NO encontrarían mi CADÁVER en mi taquilla. Ni siquiera en el cuarto de calderas. Suspiré hondo y murmuré en voz alta:

—POR FAVOR, ¡NO me digas que van a encontrar mi cadáver en un contenedor de basura!

En ese momento, oí una voz familiar.

—Tranquilo, Max. ¡NO te diré que van a encontrar tu cadáver en un contenedor lleno de basura en la parte trasera del instituto! —se rio Erin.

Recogí el móvil roto y chillé de alegría:

—¡ERIN! ¿ERES TÚ? ¡HAS VUELTO! ¡Es un milagro que el móvil siga funcionando! ¡Está hecho polvo!

—Sí, ya lo veo, pero ya puedes dejar de gritar por ese teléfono roto. Estoy aquí arriba. ¡Mira!

De repente, una luz brillante me cegó los ojos...

—¿Qué ESTÁS haciendo aquí? —pregunté casi sin aliento.

—La verdad es que es una historia muy larga.

—Oye, estoy atrapado en un contenedor. ¡Tengo MUCHO tiempo! Y dos ortodoncias rotas, cuarenta calcetines sucios, diecisiete rollos de papel higiénico terminados, cinco bocadillos de mantequilla de cacahuete y mermelada a medio comer, cuarenta kilos de carne dudosa y muchas cosas más —respondí irónico.

—Bueno, mis padres me confiscaron el ordenador por estar conectada tan tarde y me castigaron para convertirme en una jovencita más responsable, así que no tuve más remedio que entrar en el ordenador del trabajo de mi padre para ver qué pasaba. Luego me vestí, apagué la alarma antirrobos, salté por la ventana de mi cuarto y vine hasta aquí en bici para asegurarme de que estabas bien —me explicó.

—Pero el instituto es enorme, ¡podía estar en cualquier parte! ¿Cómo sabías que me encontrarías aquí?

Erin se echó hacia atrás y alumbró la cámara de seguridad que había en lo alto del edificio.

—Cuando vi que tu cómic salía volando por la ventana, supe que solo era cuestión de tiempo que tú salieras VOLANDO detrás para buscarlo. Entonces decidí que tenía que venir, ¡y RÁPIDO! —Erin se puso seria de pronto—. ¿Te encuentras bien?

—¡Estoy BIEN! —masculló—. Pero ¡gracias por venir a verme! Sobre todo después del numerito de tus padres. De verdad... ¡Gracias! —le dije.

—¡Bueno, vamos a sacarte de aquí! He llamado a la poli hace un momento, así que no tardarán en llegar.

Fue entonces cuando Erin movió la linterna y de repente toda la luz se centró en mi atuendo.

—¡MAX CRUMBLY! ¿POR QUÉ LLEVAS PUESTO MI TRAJE DE PRINCESA DEL HIELO?

La miré a los ojos y agité las manos lentamente delante de su cara...

—¿Te has vuelto LOCO, Max? ¿Te has caído de cabeza en el contenedor? ¡Porque te estás portando como un auténtico CHIFLADO!

—Esto... La verdad es que estaba intentando hacerte un truco mental Jedi —sonreí con timidez.

—¡Pues obviamente NO ha funcionado! Pero ¿POR QUÉ llevas mi traje de princesa del hielo?

—NO estás viendo un traje de princesa del hielo...

—¡Corta el rollo, Max, no tiene gracia!

—¡Que no! Es en serio. ¡Podría funcionar!

De pronto, a Erin se le nublaron los ojos y me miró con expresión vacía.

—NO veo un traje de princesa del hielo —murmuró en una especie de trance.

Como es lógico, aquello me dejó patidifuso.

—Era broma, Erin. ¡Vamos, despierta! ¡Por favor!
—le rogué.

Al final fue incapaz de seguir poniendo cara
de póker y se le escapó una carcajada. A mí
también. A ver, tenía cierta gracia.

—Venga, Erin, ahora en serio. ¿No crees que
tengo un aire de superhéroe bastante guay? ¡A
mí me gusta! —dije, a la vez que adoptaba una
pose muy masculina, como Batman.

—¿De verdad quieres saber lo que creo, Max?
¡Creo que serías una gran sustituta para el
papel de Elsa, la reina del hielo, en la próxima
película de *Frozen*! —se rio.

La fulminé con la mirada.

¡AQUELLO estaba MAL en muchos sentidos!

¡¡¡En serio!!!

25. UNA NUEVA AVENTURA DESASTROSA DE MAX CRUMBLY

—¡Toma, agárrate y te sacaré de ahí! —dijo Erin mientras me acercaba su mochila.

—¿Estás SEGURA de que podrás conmigo? —le pregunté—. Es una mochila muy chula, pero ¿crees que soportará mi peso?

En ese momento oímos el sonido de sirenas a lo lejos. La policía se acercaba al instituto.

—¡Date prisa, Max! ¡Tenemos que salir de aquí antes de que llegue la policía! Si mis padres se enteran de que me he escapado de casa, en vez de una semana me van a castigar hasta los veintiún años —se quejó Erin.

Pegué un salto y me agarré a la mochila de Erin.

Después de eso, todo sucedió a cámara lenta.

En primer lugar, Erin dio un grito de sorpresa.

Después se cayó de cabeza desde lo alto de la pared.

Y por último, aterrizó sobre la camilla, a mi lado, en el CONTENEDOR, con un estruendoso...

¡PLAF!

—¡Puaj! ¿De dónde sale esa peste? —chilló.

—A ver, Erin, estamos dentro de un contenedor de BASURA. ¡La PESTE podría venir de cualquier cosa! Comida podrida, libros mohosos, hasta un bicho muerto —la piqué.

Por supuesto, omití que también podía ser... YO.

—Y ¿cómo vamos a salir de aquí? ¡Nos expulsarán del insti a los DOS! —A Erin le entró el pánico.

—No lo sé. ¡Ya se nos ocurrirá algo! —exclamé—. ¡TRANQUI!

Nos quedamos allí sentados un rato, hasta que Erin empezó a tocarme las narices...

Si esto fuera un cómic de superhéroes,
seguramente acabaría así:

La última vez que vimos a nuestro héroe, él y su
ayudante Erin estaban atrapados en una MAZMORRA
DE BASURAS, sentados sobre una montaña de
desechos, rodeados de tres impenetrables paredes
de ladrillo de cuatro metros y encerrados tras unas
sólidas puertas de acero.

¿Conseguirán ESCAPAR y continuar así su lucha
contra el CRIMEN bajo sus identidades SECRETAS
por el laberíntico sistema de ventilación que se
esconde entre los pasillos húmedos y oscuros de
South Ridge?

¿O serán apresados por las autoridades y
expulsados del instituto por quebrantar setenta y
tres normas del centro en un solo día?

¿Sigue Moose envuelto en plástico en la cocina?
¿Aún cuelga Tucker de una red en el gimnasio?
Y Ralph, ¿todavía está achuchándose con *Campanilla*,
la pitón de tres metros, en el aula de biología?

¿O acaso han logrado escapar en un triste giro del destino y reagruparse en busca de VENGANZA?

Ahora en serio. Ya no debería sorprenderos que os vuelva a dejar así de colgados.

¡OTRA VEZ!

Ya os advertí que lo más probable era que todo acabara con un final abierto, igual que en un cómic. Lo que quiere decir que mi diario...

¡CONTINUARÁ!

Pero antes, atended bien a lo que voy a deciros...
¡SOIS TODOS SUPERHÉROES!

¡¡¡SOIS LA BOMBAAAAAAAAAAAAA!!!

Y ahora, ¡salid a salvar el mundo!

ADVERTENCIA: Acabáis de ser víctimas de un truco mental Jedi.

No olvidéis que convertirse en SUPERHÉROE puede producir aventuras alucinantes.

~~Como nadar en basura, lodo, fango y otras sustancias apestosas. ¡TRANQUILOS, QUE ES BROMA!~~

~~¡NO, NO LO ES!~~

Si con esto consigo evitar que OS pase lo que me pasó a MÍ, cada segundo que Erin y yo hayamos sufrido en esa repugnante mazmorra de basuras habrá merecido la pena.

Porque si NOSOTROS podemos ser héroes y hacer del mundo un lugar mejor...

¡¡¡VOSOTROS TAMBIÉN!!!

¡VA EN SERIO!

AGRADECIMIENTOS

La última vez que vimos a nuestro equipo de superhéroes, su jefa, Batchica (mi directora editorial, Liesa Abrams Mignogna), estaba ocupada orquestando un ingenioso plan maestro con el que acabar mi manuscrito evitando toda clase de trampas y bloqueos. Gracias a sus poderes de escucha supersónica y comunicación telepática, fue capaz de editar páginas del manuscrito que aún no estaban redactadas. Es fantástica y creativa, y puede superarlo todo con calma y una sonrisa. Gracias, Batchica (y Batchico también) por ser mis protectores enmascarados.

Con sus poderes mágicos para crear, moldear y manipular ilusiones, Karin Paprocki, mi ingeniosa directora artística, estaba diseñando una portada alucinante y una maquetación prodigiosa con la que hipnotizar a todos los niños del universo. Gracias por tu dedicación y diligencia.

Mi directora editorial, Katherine Devendorf, se ocupaba de usar sus poderes de manipulación literaria para convertir palabras en secuencias llenas de emoción. Con un solo movimiento de su pluma podía sortear los peligros inminentes que acechaban en las páginas de mi manuscrito, y por todo ello le doy las gracias.

Mi fabuloso superagente y aliado, Daniel Lazar, empleaba su intelecto superior y su clarividencia para transformar un mero sueño en una realidad. Gracias por tu apoyo constante e incansable y por ser un auténtico campeón, defensor y amigo.

Mi liga de superhéroes de Aladdin/Simon&Schuster —Mara Anastas, Mary Marotta, Jon Anderson, Julie Doebler, Faye Bi, Carolyn Swerdloff, Matt Pantoliano, Catherine Hayden, Michelle Leo, Anthony Parisi, Christina Solazzo, Lauren Forte, Chelsea Morgan, Rebecca Vitkus, Crystal Velasquez, Jenn Rothkin, Ian Reilly, Christina Pecorale, Gary Urda y el equipo entero de ventas— unió sus fuerzas para hacer de esta serie un tremendo éxito con sus superpoderes y habilidades sin par. Gracias por vuestra intrepidez y por vuestro compromiso. ¡Sois el mejor equipo del mundo!

Quiero dedicar un agradecimiento especial a Torie Doherty-Munro, de Writers House; a mis agentes de derechos internacionales Maja Nikolic, Cecilia de la Campa, Angharad Kowal y James Munro; y a Zoé, Marie y Joy, por emplear sus poderes telepáticos para traducir el mundo de Max a un idioma universal que puedan disfrutar todos los habitantes de la Tierra. ¡Gracias por todo!

Nikki, mi creativa compañera, creaba sin cesar nuevas formas de vida ilustradas. Siempre disfrutaré de nuestras aventuras y desventuras cotidianas en el mundo editorial. Me considero una madre muy afortunada por tener el placer de trabajar codo con codo contigo cada día.

Mis demás compañeros, Kim, Doris, Don y toda mi familia, protegían el cuartel general y llevaban a cabo nuestra misión. No podría haberlo logrado sin vosotros. Siempre estáis a mi lado, en toda hazaña o travesura.

RACHEL RENÉE RUSSELL

Es la autora de la serie superventas *Diario de Nikki*, número uno en las listas del *New York Times*, y de la nueva y emocionante *El desastroso Max Crumbly*.

Hay más de 35 millones de ejemplares de sus libros impresos por todo el mundo y sus obras han sido traducidas a 36 idiomas.

Disfruta trabajando con su hija Nikki, que ayuda a ilustrar sus libros.

El mensaje que quiere transmitir Rachel es el siguiente: «Conviértete en el superhéroe al que admiras».